森 博嗣

孤独の

GS
幻冬舎新書
366

まえがき

隠遁か孤独か

担当編集者から、「先生の今の隠遁《いんとん》生活について、なにか書いて下さい」と頼まれ、それで考えた結果がこの本になった。考えた時間は、半年ほどだろうか（もちろん、ずっと考え続けたわけではない。せいぜい、一日に一回テーマを思い出す程度だ）。

また、彼は、「隠遁生活とはちょっと違いますよね。そういう生き方は、何とネーミングしておられるのですか？　孤独の研究みたいな感じですか？」とつけ加えた。会って話したわけではなく、全部メールでのやり取りだ。

特に、ネーミングを気にしているあたりが、とてもビジネスライクで、僕はこういうダイレクトな言葉はわかりやすくて好きだ。嫌味《いやみ》ではない。その証拠に、自分でもなにか良いネーミングはないものか、と五分くらい考えてしまった。でも、あまり良いものを思いつかない。その理由は、自分で今のこの生活をまだ明確にイメージできていないからだ、と思う。

孤独について研究をした覚えはないし、また、「隠遁」なんて言葉は（知ってはいるけれど）一度も使ったことがない。自分は、隠遁しているのだろうか。

隠居している感覚はときどき仄《ほの》かにある。たとえば、毎日がほぼ自由時間だし、約束もなく、来る日も来る日も遊んでばかりいる。もちろん、二十代と三十代は、猛烈に働いたし、四十代も嫌々《いやいや》仕事を引き受けた。それらから解放されたのだから、隠居にはちがいない。その後、五年ほどまえになるが、遠くへ引越をして、どこに住んでいるのかも明かさないようにした。編集者にも会わないようになった。これは、明らかに「隠れた」と表現できる状態だ。したがって、やはり隠遁、あるいは隠居にほかならない。

たとえば、二年半ほどまえに、人に会うために東京へ行ったのを最後に、以来ずっと僕は電車というものに乗っていない。大勢の人が集まる場所へはもともと出ていかない、一人が好きな人間だったが、それでも世間の柵《しがらみ》があり、仕事でしかたなくつき合うことも少なくなかった。そういった義理と不可抗力《ふかこうりょく》を一切断ってしまったのが、今の生活の始まりである。

世捨て人かも

こういうことができたのは、人に会わなくても生活ができる基盤を築けたからであって、普通の人に「楽しいから是非やってみなさい」と気楽にすすめられるものではないことくらいは理解している。若い人の中には、僕の今の生活に憧れている奇特な人も見受けられるけれど、ここへ至るのに何十年もかかったし、また、今がベストの状態、つまり目指していた人生のゴールだともさらさら考えていない。昔よりは、(僕としては)多少「良い環境」になったと感じているけれど、一般的な感覚ではたぶんそんな判断はマイナだろう。ただ、小金を稼いで、田舎に引っ越して遊んでいるだけ、ようするに世捨て人のように映っているはずだ。それが、客観的な観測ではないか。

しかし、僕はそもそもそういった社会の目、人の目というものを、ほとんど気にしない。これは、どうしてこうなったのか自分でもよくわからないが、両親の影響が半分、また、残りの半分は、自分の経験した孤独の中から育ってきた価値観のように思われる。

自分の思いどおりに

さらには、人は、それぞれ自分が好きなことをする、自分がなりたい者になる、自分が選んだ道を進んでいる、という考えが僕の根幹にある。不平不満を言う人は多いけれど、よくよく観察すると、誰もがその場、そのときどきで、自分に有利な方を選択する。さぼりたければさぼる。無駄遣いしたければ無駄遣いする。だから、すべてが本人の思いどおりの人生なのである。僕自身が自分で良いと思ったとおりに生きてきたように、誰もが自分の思いどおりに生きているはずだ、というふうに考えているのだ。

当然ながら、自身の選択が及ばない事態というものはある。雨が降ったら濡れるし、突然現れた見知らぬ人に刺されるかもしれない。予期しない災害や事故、あるいは病気や怪我に遭遇する人も少なくないし、さらには、生まれながらにハンディを持っている人も多数存在する。でも、そういう運命的なものを含めても、その範囲内での選択は、個人の自由であり、自分の思いどおりになっているはずだ。

もし、自分の思いどおりになっていない、と考える人がいるとすれば、それは、運命を超えたものを望んでいるからであり、そもそも選択肢にない夢を追っているということとになるだろう。これが、僕の解釈だ。したがって、こう考えると、他者を羨《うらや》むこともなく、自分に選べる道をよく見極め、それに集中できる。他者にどう思われても良い、という認識に至るのである。

孤独は酷いものなのか

これが、まあ、孤独といえば孤独なのかな、という話になる。自分では、本当のところは、孤独なのかどうかわからない。孤独は、もしかしたら僕が思っているものよりも酷《ひど》い状況かもしれないし、また、人それぞれで捉え方が違うのも、当然である。

ただ、僕自身が知っている孤独についてしか考えることはできないのだから、その認識で書こうと思う。この本で僕が書きたいことは、「孤独というものは、それほど酷い状況ではない」ということ。それどころか、「孤独には、なかなか捨て難い価値がある」ということである。そんな話を、できるだけわかりやすく書きたいと思う。何故《なぜ》かというと、今の若者、あるいは子供たちの中には、孤独に悩み、それに押《お》し潰《つぶ》されそうになっている人がいるからだ。本当にそうなのかどうか、調査をしたわけではないけれど、そんなふうに書かれた記事が散見される。大人が、「孤独のために自殺した」と解釈するような事例もある。幸いにも、僕はそういう具体的な例を一件も身近で知らない。僕の知合いには、十人以上自殺者がいるけれど、孤独が原因だったかどうかはわからない。どうしてそんなことがわかるのかも、知りたいところである。

たとえ、遺書に「僕は孤独だ」と書かれていたとしても、それが本当かどうかわからない。人は自分の気持ちを精確には摑《つか》めない、と僕は考えているし、また、そういう言葉があれば、その言葉に縋《すが》ってしまう、という傾向が往々にしてあるとも感じている。

孤独って何だろう?

孤独とはいったい何だろうか?

それは、人を死に追いやるほど、人間の心を蝕《むしば》むものなのだろうか。

そういうことを、この本を書きながら考えてみたい。たぶん、単純で明確な解答は得られないはずだ。それに、孤独から解放される特効薬のような方法も、この本には書かれていない。なにしろ、僕の考えというのは、「べつに解放されなくてもいいじゃないの」というものだからだ。

お断りしておきたいことがある。僕のことを知っている人は誤解はないと思うけれど、著者が何者かを知らない人が本書を手にすることもありうるので、最初に書いておかなければならないだろう。

僕は、心理学や社会学の専門家ではない。まったく専門外だ。これらを大学で正式に学んだこともなく、その方面の知識はないといっても良い。僕は大学の教員だったことがあり、理系の研究者だった。大学生を指導していたけれど、それよりも若い子供を相手にしたことは、自分の子供以外にない。だから、本書に書かれていることは、なにか統計的な調査などに基づいたものでは全然ない。単に、僕の個人的な観察と思考である。これまでに書いた本はすべてそうだ。読書は大好きなので、毎日本を読んでいるけれど、なにか特定のものの影響で、これを書いたということもない。だから、引用なども一切しないつもりだ（だいたい、小説以外ではあまり引用をしない方であるが）。

つまり、一人の人間の思考実験を御覧に入れる、というだけの内容である。これを読んだ方は、是非なにか自分でも考えて、自分なりの思想を築いていただければ、と思う。

人生には金もさほどいらないし、またそれほど仲間というものも必要ない。一人で暮らしていける。しかし、もし自分の人生を有意義にしたいのならば、それには唯一必要なものがある。それが自分の思想なのである。

孤独の価値／目次

第2章 何故寂しいといけないのか

第4章 孤独から生まれる美意識 131

第1章 何故孤独は寂しいのか

孤独とは何か

孤独を怖《おそ》れている人が沢山《たくさん》いるようだ。特に、子供や若者に多いように見受けられる。そんな話を一所懸命力説する人や本にも幾度《いくど》か出会った。しかし、僕が実際に会って話をした人で、孤独に悩んでいたという例は少ない。いても、かなり軽度なレベルだった。このことについて、全体的、平均的なデータがどうなのかは知らない。ただ、僕がきいた範囲内では、何故、孤独がそんなに恐いのかと尋ねると、ほとんどの人は、孤独が寂しいからだ、と答えた。

孤独は寂しいものだ、という認識は、一般的なものといっても良いだろう。孤独が楽しいものだとか、孤独は面白いものだという方向性は、もしあったとしても確実にマイナだと思われる。

ここでは、まず何故、孤独は寂しいのかということを考えてみたいのだが、そのまえに、孤独というもののだいたいの定義をしておく必要があるだろう。

人によって、どんな状態を孤独と表現するのか、これにはかなり違いがあるかと思う。

ある人は、友達がいないことだと言うし、またある人は、仲間と一緒のときに孤独を感じると言う。まるで正反対のようにも思われるけれど、僕は個人的には、後者が近いのではないかと考えている。つまり、人が孤独を感じるときというのは、他者を必ず意識している、と思うからだ。

友達がいない、というのも意味がさまざまである。友達というものが最初からまるでいないのか、あるいは、かつてはいたのに今はいない、という意味なのかで、ずいぶん違ってくる。いなくなったという場合でも、そのいなくなった友達はどうしたのか。友達がみんな死んでしまって、一人だけが残されたというような場合もあれば、喧嘩《けんか》をして、友達が離れていった、というようなものもあるだろう。

孤独を感じる条件

もしも、生まれたときから他者に会うことがないという特殊な境遇にあれば、友達は存在しえない。もし他者がいなければ、友達の概念さえなかなか認識できない。本などを読まないかぎり、友達という言葉の意味もなくなるだろう。この場合、孤独というものを感じるだろうか、と想像してみよう。

おそらく、生まれてからずっと一人で育った人間は、(家族はいるかもしれないが)友達というものを感じる経験がないのだから、それがいない状況が寂しいとは感じないはずである。外部を知る機会が(本やTVなどを通して)あれば、その楽しそうな雰囲気に憧れを持つかもしれない。しかし、それは文字どおりの「憧れ」であり、単にその情報の中で、それが素晴らしいものだと語られているのを鵜呑《うの》みにしているだけだ。対比して、自分の境遇を悲観するまでにはなかなか至らないのではないか。それはたとえば、子供のときに「月面旅行」の絵本を読むようなもので、今の自分が月面に立てないからといって寂しくなるわけではない。自分も月面に立てたら素晴らしいな、と将来の夢を持つだけである。つまり、友達ができたら良いな、楽しそうだな、という希望を持つことはあっても、現在それが自分にないからといって孤独を感じたり、寂しく思ったりはしない、と僕は思う。

それは家族であっても同じことで、生まれたときから父親がいない、という場合であっても、それほど寂しさは感じないのではないか、と思える(周りのみんなが「寂しいね」と無理に教えることで、寂しさを感じることはあるだろうが)。

ただ、母親だけは少し違うように感じる。人間にも本能があるからで、「なにか母親のような存在」に甘えたいという自然の欲求を持っているはずである。これは、人間以外の動物にも観察されるもので、初めて見たものを母親だと思い込むとか、幼いときにはどんな動物でも基本的に友好的であり、また、見た目も可愛らしく見えるようにできている(これは、見た目が可愛いと捉える感覚を持っている、の意味も含む)。母性本能という言葉があるとおりだし、逆に、母親を求める本能(命名されているのだろうか)もあるはずである。ほ乳類であれば、母親から乳をもらうわけだから、生きるために必要な本能に近いものだろう。もし母を見失えば、それは「寂しい」とか「悲しい」どころではなく、自分の死に直結する「恐怖」になるはずだ。

こうして、少し考えてみると、孤独や寂しさを感じるのは、ただ仲間がいない、というだけの状況からだけではなく、それ以前に、仲間の温《ぬく》もりというのか、友達と交わる楽しさというのか、そういったものを知覚していることが前提条件となっているようだ。

もう少しわかりやすくいうと、孤独が表れるのは、孤独ではない状態からの陥落なのである。

友達がいなくて寂しい、というのは、友達と過ごすことの楽しさを知っていて、それができなくなった場合に生じる感情だ、ということ。寂しさというものが、そもそもそういった変化（陥落）を示したものだともいえるかもしれない。ただし、本能的なものは除外する必要があるようだ。生まれたばかりの赤子が、乳欲しさに泣くのは、寂しさと解釈できなくもないが、それは今話している孤独とは、歴然と異なるものだと区別して良いだろう。

何故寂しいと感じるのか

では、仲間を失うことが、何故寂しいのか？

仲間から逸《はぐ》れることが、生存の危機を意味しているために、寂しさというマイナスの感情として知覚されるのか。もしそれが基本としてあるならば、やはり、群《む》れを作るという本能的なものに根ざしているだろう。しかし、現代では、一人になることが即生存の危機というケースはほとんどない。周囲の人間から見捨てられても、子供でないかぎり、充分とはいえないまでも生きていくことができる社会が実現している。ただし、生存への危機感が、寂しさの感情を助長するという効果は馬鹿にならないかもしれない。ようするに、自身の勝手な想像であっても、それが自分を苦しめるということはある。子供が仲間から苛《いじ》めを受けた場合などは、生存の危機のようなものを本能的に感じる可能性があって、大人になっても、そういった体験に基づいた感情が残っているようにも思えるからだ。

さらに言えば、まず友達があって、それを失ったときに感じるものだ、と定義を限定してしまうと、これに当てはまらない例があることに気づく。友達を全然知らなければ、孤独は感じない、に近いことを書いたし、本やTVで見たものは憧れにしかならない、とも書いたが、たとえ仮想の経験であっても、自分の身近な同年輩の他者たちの行動になると、感情移入によってリアルさが格段に増してくる。TVドラマなどをリアルな世界として真に受ける子供もいるかもしれない。つまり、経験のリアルさは、個人によって非常にレベルが異なっているだろう、ということだ。

自分が妄想をして、なんとなく友達になれそうだ、という状況を仮想経験することもあるのではないか。相手にはそのつもりは全然なくても、一方的に友達だと思い込んでしまうことは、子供には珍しくない、特殊なことでもない。だから、そういった仮想の認識が、本人にとって現実に近いものに知覚される可能性は大いにある。そうだとしたら、それらも含めなければならない。

いずれにしても、寂しいという感情は、「失った」という無念さのことだ。また、その失ったものが、「親しさ」であれば、それがすなわち「孤独」になる。

失うことが寂しいのも、そのルーツは生存の危機だろう。しかし、もうそこまで遡《さかのぼ》って考える人は今はいない。ただ、自分のもの、自分の時間などが、失われたときの喪失感というのは、寂しさや悲しさの主原因となる。これは、取り返しが比較的簡単なものほどダメージが小さく、逆に、もう二度と取り返せないとわかっている場合ほど、精神的にも大きな衝撃となる。

寂しさの条件

ところが、ある特定のものを失ったとき、失ったもの、失った人、失った時間と、具体的な対象を惜しんで、悲しみが感じられても、すぐに寂しさや孤独につながるわけではない。単に、衝撃がある、大きく感情を揺さぶられる、という現象がまずある、というだけだ。

たとえば、最愛の人を事故などで突然失ったとき、すぐに孤独を感じるのではない。ただ、衝撃を受けるだけだ。悲しみに襲われるだけである。寂しさや孤独というのは、むしろ、その衝撃が収まったあと、すなわち、普通の生活に近い状態に戻ったときに、「思い出して」表れる、なにかの機会に、ふと感じるものではないだろうか。

もう一つ言えるのは、寂しさや孤独というものが、失われた対象から、既に自身が遠く離れていても、より抽象化された感情として残留するものだということである。それは、たとえば、複数の喪失感が重なって、より大きな寂しさ、より強い孤独感になる現象も引き起こす。つまり、「なにもかもが、自分から離れていく」というような漠然とした喪失感の方が、むしろ寂しさを拭《ぬぐ》うことが難しいし、つまりは、より強固な孤独感になる。

具体的な対象から離れて、ただ抽象的な感情として、これらのものが心に溜《た》まった状態というのは、本当に辛《つら》いものになるだろう。それはもう、簡単に取り除くことができない。その人の本性というか、人格の中心的なところに、居座り続けるものになるのではないか。

人間も年齢を重ねると、そういった寂しさや孤独感が、既にその人物の一部になる。それは、顔の皺《しわ》のようなもので、深くなることはあっても、消えることはない。他人に言葉で語ることがなくても、どことなく、その人の言動などから、それが外部から感じられることもある。「なにか過去にあったのだろうか」という想像しかできないが、感じられることは確かである。逆に言えば、そういうものを感じる精神が人間性であるし、感じられるのは、程度の差や、具体的な対象に違いはあっても、抽象的には、自分もそれに似たものを持っているからであろう。

失われたものは何か

さて、では逆に、その失ったものが何か、ということを考えてみよう。

仲間が沢山いる、親しい友達に囲まれている、愛する人がいる、信頼できる人が自分の面倒を見てくれる、などなど、孤独とは反対の状況をいろいろ想像してみると、その場の雰囲気の楽しさのようなものが、まず第一に思い浮かぶのではないか。人が大勢集まると、何故か人間は楽しく感じる。パーティなどが良い例で、大勢で賑《にぎ》やかな場面は、多くの人にとって、良い環境に感じられる。しかし、何故そうなのか、と考えてみよう。つまり、大勢がいると「賑やか」であるとか、「和気《わき》藹々《あいあい》」としたムードになる理由はどこにあるのか、ということだ。

まず、大勢が周囲にいるだけで、なんとなく仲間意識のようなものを感じる。その場が、「安全」であると感じてしまう。これも本能的なものだろう。都会に人が集まる。なんとなく、人がいるところは安心できる。一人でいる場面に比べると、場所が温かく感じられるのである。

田舎をドライブしていると、日本に限らず、人間が住んでいる集落というのは、その言葉のとおり「集まっている」ことがわかる。もっと土地を広く使って、それぞれに距離を取っても良さそうなのに、何故か家々はぎゅっと狭い範囲に集中している。水がある、道がある、など利便性から集まるという意味もあるけれど、たとえば、現代であれば、もうそんな条件にはほとんど拘束されない。それにもかかわらず、何故か住宅地という場所に、みんなが集まる。マンションなどの集合住宅もそうだ。

隣の家ともっと離れて暮らせないものか、と僕は常々感じる。隣の家の声が聞こえてきそうな距離で、ひしめき合って生活しているのは、実に不思議な光景だ。もちろん、土地の値段が高い、なかなか自然の中の広大な土地なんてものは買えない。それはそのとおりなのだが、そういった「しかたなく」住んでいるというばかりではないように思える。

たとえば、マンションであれば、そのビルに空き部屋が多かったら、どうしても警戒してしまうのではないか。人がいないから静かで良い、と考える人は少数派だろう。周囲に人がいなくなると、なにか自分だけ間違ったことをしているのではないか、と感じてしまう人が多いはず。

人間は、やはり群れを成す動物なのである。そういった自然の生態を持っているから、「賑やか」というような概念が生まれるのだし、逆に言えば、「寂しさ」というものがあるのだ。

そんなこと当たり前だろう。だから何だというのか、と思う人も多いはずだ。

しかし、僕がここで書きたいことは、この「本能的」で片づけてしまわれる「支配」についてである。「人間というものは、こういうものなんだよね」という簡単な了解によって、いかに多くの人が縛られ、不自由になっているか、ということなのだ。「そう感じるんだからしかたがないじゃない」という主張に対して、それが間違いだと反論するつもりはない。ただ、「それは、本当にしかたがないものなのか？」「人間というのは、そこから絶対に抜け出せないものなのか？」と問いたいのである。

人間の社会がここまで発展を遂げたのは、本能よりも「思考」を重視したからだ。本能というのは、つまりは「欲望」である。なんだか理由はよくわからないけれど、どうしてもそれをしたくなってしまう、というものに対して、「思考」によってそれらを抑制することが人間の人間たる部分ではないだろうか。好き勝手にしてはいけない、周りと話し合い、協調し合うことで、今の文明や文化を築き上げた。また、個人であっても、目先の欲望に囚《とら》われず、将来を見据えて計画的に物事を進める、という姿勢こそが、人間だけがなしえる生き方といえる。そういったものは、本能ではなく、本能に逆らった行動だ。そこに、人間の人間たる価値があるといっても過言ではないだろう。

であれば、大勢がいて賑やかに感じる、周囲に友人がいると楽しい、そういった状況を求める欲望も、思考によって抑制できるはずである。それについては、後述するつもりだが、結局は、ここに、「孤独」というものを考える基本がある。

「孤独について考える」というだけでも、これは既に本能ではないし、人間以外の動物にできることではない。これを考えられるだけの思考力を持っていることに、人間の尊厳があると思う。だから、「孤独は嫌だ」と感情的（本能的）に全否定してしまうまえに、ちょっと考えてみる、という姿勢は大事だと思う。孤独を考えることは、それだけでも価値がある人間らしい行動なのだ。もっと大袈裟《おおげさ》に言えば、孤独を考えることは、人として生きていることの価値でもあり、これからも生きていくための意味でもある、と僕は思う。

何故、そこまで悪く考えるのか

では、本能的にそう感じてしまうという以外にも、寂しいと感じること、孤独だと感じることを、あってはならない「悪い状況」だと判断してしまう理由について、もう少し掘り下げてみよう。

孤独を嫌う本能的な感覚というのは、避けられないものだが、しかし、食欲などの生存に直結する欲望に比べると、それほど強いものではない。乳幼児のときには、それが支配的であっても、物心がつき、自分で考えるようになれば、しだいにそれ以外の、つまり経験による社会的な判断を重視するようになってくるはずだ。小さい子供は、自分の思いどおりにならないというだけで泣《な》き喚《わめ》くわけだが、しだいに、そんなことをしても利がない、ということがわかってくる。これと同じように、寂しさや孤独感も、本能的な不利、つまり生存の危機感ではないものによって判断されるようになる。それは何か？

仲間と力を合わせることが美しいことだ、という社会的な価値を、多くの人が子供のうちから学ぶ。幼稚園に通うようになれば、周囲に同じ年齢の子供たちがいて、みんなで同じことをする、という訓練を強《し》いられる。人はばらばらでは大きなことができない。小さな力でも一致団結すれば可能になる、ということを教えられる。また、人の言うことを聞かなければならない。ルールに従わなければならない。みんなと歩調を合わせ、自分勝手なことを慎むことが、「良い子」の条件になる。

このとき、「良い子」に価値があると教えられるのだが、それは実に不思議といわざるをえない。この感覚は、犬などにも認められる。それ以外の動物では、あまり見られないかもしれない。つまり、「良い子だね」と撫でられるだけで、それがご褒美《ほうび》になる、というのは、自然ではあまりない珍しいことだ。そうではなく、普通は（つまり多くの動物は）なにかしらの利益（食べ物であったり、危機から逃れることであったりする）を得るために「良い子」になろうとする。餌をもらいたいから芸をする。鞭《むち》で打たれたくないから命令に従う、という動物はサーカスなどでも見ることができる。

幼稚園児は、オヤツをもらうために「良い子」になろうとするのではない。もちろん、人間の子供が、「良い子」であることに価値を感じるのは、大人や、周囲の仲間たちから、「良い子だ」と認められるときだろう。ここで、重要なのは、自分が「認められる」という感覚であり、これも遡って考えれば、やはり群れを成す動物の本能にルーツがあるかもしれない。ただ、それだけで説明ができるレベルではないと思われる。何故なら、群れを成す動物は多いが、「良い子指向」のような価値観は、ペット以外では、つまり自然界ではあまり観察されないように思われるからだ。たぶん、猿などにはあるものだろうが、残念ながら猿を飼ったことがないし、猿の群れを観察した経験も僕にはない。

自分を認めてほしい

良い子であることに、ある種の快感を覚えるのは、自分の周囲（小さな社会）に自分の存在が認められている状態が、生存のために有利であるからだ。「存在が認められる」と書いたが、もちろん、ただ認識されるだけではなく、グループの一員として「役に立つ」あるいは「役に立ちそうだ」と認められるという意味であって、敵対した存在として認められるのではない。

子供のうちによくあることだが、「認められる」の反対が「無視される」ことであって、その最悪の状態から脱するために、どんな形であれとにかく「認められたい」という気持ちが先行することがある。これは、反抗期なども含まれるかもしれない。つまり、少々悪いことをしてでも存在を認められたい、という欲求である。また、さらにこれが暴走すると、世間が自分を無視するから悪い、そんな世間に復讐《ふくしゅう》してやりたい、といった感情にもなるようだ。振り向いてくれないから、暴力を振るった、といったメカニズムである。

他者に自分を認めてほしい、という欲求は、「自分」というものの存在理由の基本的な要素となるもので、あるときはそれがすべてにもなる、と想像できる。アイデンティティとか自我とか、いろいろ呼び方はある。言葉だけだと、ただ自分を見つめること、自分の内だけで完結するもののような響きだが、そうではなく、他者を意識して初めて生じる自分、すなわち、「自分はみんなからどんなふうに見られているだろうか」という想像が出発点になっている。

良い子になろうとする反動

周囲に自分を認めてくれる人間がいることは、「心強い」と感じられる状態といえる。それは、事実上生存とは無関係であっても、精神的な拠《よ》り所《どころ》になる。

「良い子」というのは、最初からいきなり「社会における良い子」なのではなく、「あの人にとって良い子」というように、他者が限定されている。多くの場合は、それは両親であり、もう少し年齢が上がると、先生や友達と広がっていく。こうして、自分を「良い子」と認めてくれる対象を少しずつ広げていくことで、社会における自分の「居場所」を作る。これは、動物が巣を作る行為に似ている。それを足掛かりとして、テリトリィ（縄張《なわばり》）を広げ、自分の力が及ぶ範囲を拡大していく。そういった行為が、個人としての立派な生き方だ、といろいろなものが教えているからだし、また、そうすることで、自分の好きなことができる、という利益の確率（期待値）も増えてくる。

年齢がさらに上がって、人生も半分以上を過ごした人になると、この「良い子」であろうとする感覚は、縮小し始めるようだ。それほど良い子を続けなくても、生きていけることを知るからだ。これはやはり、生存の危機感に関わっている証拠と思われる。つまり、十代などの若い世代には、「社会」というものの実体がまだよくわからない。自分の可能性も不明だし、なんとなく、他者は皆大人で、社会は恐ろしいところのように感じられる。だから、そういった恐ろしい大人や社会に逆らわないように、「良い子」

であろうと防衛をするのである。そうしていなければ、社会から抹殺されるのではないか、それが自分の人生を台無しにするのではないか、という不安を持っている。

なかには、良い子になりそこねてしまい、そういった不安から逃れるために、「良い子になりそこねた」仲間の内に居場所を見つける子供もいる。これも、一人では反発できないが、仲間と団結をすれば、ゲリラ的な抵抗が可能だ、という戦略的なものといえる。一般の社会で「良い子」にならなくても、「悪い子」の仲間内でならば「良い子」になれるというわけだから、反発しているようで、実はまったく同じことをしている。その同じことというのは、すなわち「場の空気を読んで、群れを離れないようにする」ということだ。

孤独を作るのは自分

さて、ここで再び、寂しさと孤独を考えると、以前よりは少し本質に近づけるように思える。つまり、仲間や友達の喪失というのは、結局は、自分を認めてくれる存在の喪失なのである。だから、仲間や友達がまだすぐ身近にいても（物理的に存在しても）、自分が認められていないことが判明したときに、それが失われる、ということになる。

おそらくこれは、人間の頭脳が持っている想像力に起因しているだろう。他の動物であれば、目の前に仲間がいて、友達がいて、家族がいれば、それで安心するのではないか。ところが人間は、周囲に大勢の他者がいても、その人たちが自分を認めていない、とわかれば、寂しく感じる。まるで、その人たちを失ったように感じるのである。

ここで大事なことは、他者が自分を認めていない、という判断は、自分の主観によって行われるということだ。もちろん、相手が「お前なんか認めないよ」と明瞭に言葉で宣言したのなら、多少は客観的な判断になるかもしれない。しかしその場合でも、その言葉が彼の本当の気持ちを表したものだと判断したのは、自分の主観なのである。

言葉というのは、人間が持っているコミュニケーション手段であり、これが人間の最大の特徴だといっても良い。言葉によってコミュニケーションが取れない状態というのは、人間的な行為がほとんどできない状況に近い。しかし、それでも、その言葉は、それを発する人の本心だという保証はまったくないのである。故意に嘘《うそ》をつくこともできるし、また、言い間違える、ついうっかり発言してしまう、無意識に言ってしまう、売り言葉に買い言葉で返してしまう、などなど、多分にエラーを含んだものである。しかし、これ以外に、相手の気持ちというのはなかなか認知できない。行動で判断できるのは、単に「好意的」か「敵対的」かといった雰囲気でしかない。

したがって、自分が認められていない、という判断は、多分に主観であるから、自分で自分の寂しさ、孤独感を誘発することになる。仲間の中に自分がいても、孤独を感じることになる。それは、たとえば、都会のような大勢の人々がいる場所でも孤独になれるということだ。孤独とは、基本的に主観が作るものなのである。

ただ、もちろん、主観とはいえないような状況も存在する。大人になれば、あからさまな危害というのは(法律で禁止されているわけだから)滅多に受けないが、子供のうちは、そうともいえない。突然暴力を振るってくる他者がすぐ近くにいるかもしれない。相手にも相手の理屈があって、「目つきが悪い」というような言いがかりをつけられることだってあるだろう(大人でも、不良ややくざならあるかも)。勝手な主観で、「敵対的」だと判断され、先制攻撃を受けるわけである。こういった物理的な被害があれば、誰でも、「自分はあいつにとっては良い子ではない」と判断するだろう。ようするに

「気に入られていない」状況であり、つまりは、認められていないわけである。これなどは、客観に近いといえるかもしれない。

苛めの基本は仲間意識

僕は、大学以外の学校で働いたことはないので、つまり自分が生徒としてその場にいた経験しかない。クラスの中で苛められる子というのは、たしかにいた。僕の世代では、それほど特別なものではなく、ごく普通だった。それで、どんな子が苛められるのかといえば、それはなんらかの「弱さ」を持った子が多いものの、大人しいから苛められるというわけでもなく、躰《からだ》が弱いとか、肉体的な欠点で苛められるわけでもなかった。

僕は中学と高校は男子校だった。男ばかりだから、けっこう派手な喧嘩がある。殴られて血を流すといったことは日常茶飯事で、それくらいでは、先生を呼びにいくレベルではなかった。苛める方も、徹底的にやると問題になるとわかっているのか、たとえば、流血があれば、それで引き下がる、といった具合である。

喧嘩の場合も、たびたび吹っかけられるのは、けっして欠点がある生徒ではない。むしろ、正義感がありすぎるとか、笑って誤魔化《ごまか》せないとか、融通《ゆうずう》のきかない真面目な生徒が、血を見るということが多かったように思う。このあたりは、まさに男どうしの喧嘩で、苛めとはいえないかもしれない。

僕は、小さかったし、躰が弱く、学校を休むことも多かった。中学生になったとき、ちょっと横着そうな子が意味もなくいきなり首を絞めようとしたことがあったけれど、そのときは渾身の力で抵抗したところ、相手も「痛い痛い！」と音《ね》を上げて手を離した。そういう抵抗をすることがわかったためか、二度と苛められることはなかった。また、テストのとき、僕の答案を見て、点数が思ったよりも良かったと驚かれ、それ以来、かなり友好的に話しかけてくるようになった。このあたりも社会の縮図というのか、子供でも「力」というものをお互いに測っているのである。

苛める方は、苛める側のグループでの「良い子」というのか、そういった場の空気みたいなものに支配されて苛めるのだ。苛めっ子が一人孤立しているということは滅多にない。必ず仲間が近くで見ている。その仲間に見せているのだ。

中学では、沢山の運動部に入った。最初は剣道部で、ここでは特に仲の良い友達はできなかった。そういう余裕がなかったように思う。その後、ワンゲル部に入り、これは長続きしたこともあって、仲間が幾らかできた。でも、やはり運動部では、運動が活動なので、そういった余裕が僕の場合はない。終わったら疲れてしまうので、友達と話をするようなこともなく、すぐに帰ってきた。

高校になって、運動以外のクラブにいろいろ入った。なかでも、電波科学研究部というクラブに三年間在籍した。ここは、アマチュア無線の機械が自由に使える（もちろん、個人で国家試験を受けて免許を取らないと触れない）。ここで、長くつき合う友達ができた。これは、お互いに専門の話題ができるからで、友情というよりは情報交換に近い。しかし、情報や技術を持っていると、仲間に認められる、ということがよくわかった。

自分を認めてもらう手段

こういったことは、社会でも多いかと思う。つまり、「良い子」でいる以外にも、周囲に存在を認めてもらう手がある、ということだ。それは、他者にはないものをなにか持っている場合で、その持っているものが、他者の役に立つものでなければならない。

これは、「良い子」ではなく、「役に立つ子」である。

オタクの仲間で認められる、ということも、この年代になるとあるようだった。そういう人間を何人か知っている。見たところ冴《さ》えない奴なのだが、絵を描かせたらむちゃくちゃ上手《うま》い、というようなものだ。これは、役に立つというのとは少し違う。「凄《すご》い子」とでもいった存在である。十代になると、将来の社会への参加を目指して、この「凄い子」が台頭し始める。「あいつは凄い才能を持っている」ということで、他者に認められるのだ。それが実際に広く役に立たなくても良い。オタクの仲間であれば、その仲間の内で凄ければ充分なのである。

他者に認められ、「凄い」と言われることが心地良く感じるのは、やはり自分の客観的な価値に目を向けている証拠である。自分の評価は、自分だけで勝手にできるものではない、つまり自己満足では不充分だ、ということがだんだんわかってくる。それに、親から褒《ほ》められるよりも、赤の他人から褒められる方が嬉《うれ》しい。それは家族よりも他者の方が、自分からは遠く、社会一般には近いからだ。無意識のうちに、社会という群れの中で、自分はみんなから「褒められる人」になりたいと願う。それが、その社会において居心地の良い居場所になる、という確かな予感からである。

このようにして、「凄い」ことで居場所を得られそうだ、という人間は、少なくとも、どん底の孤独に襲われることは少ないだろう。小さな範囲であっても、自分が認められているという確かなスペースがあれば、そこを拠り所にして立っていることができる。他者との関係が完全な「無」になることがない、といえる。また、どうすれば、その「凄さ」を維持することができるのか、どうすればもっと「凄い人」になれるのかが、はっきりとしている。たとえば、学業が優秀なことで「凄い奴」になった生徒は、学問に没頭することが自分の居場所を確保する道だと知る。スポーツで「凄い奴」になった子供は、さらに凄くなるために何をすれば良いのかを知っている。このように、「凄さ」というのは、特定の人間に対する「人間関係」ではなく、もっと客観的な評価であるため非常に単純でわかりやすい。上手くいかない、というジレンマは生じるかもしれないが、どうすれば良いのかわからない、ということはない。

良い子にもいろいろある

一方、むしろ「良い子」的な存在の中で、比較的薄い関係だった場合には、あるときその関係があっさり消えてしまうことがあるだろう。この薄い関係としての「弱い良い子」というのは、単に、賑やかなメンバの一員であっただけで、特にその個人でなくても良い場合がある。また、基本的に周囲の数人に気に入られていただけのことで、この「人間関係の良好さ」というのは、他所《よそ》へ移ったときにすぐに構築できるかどうか怪しい。

同じ「良い子」でも、強い個性を持った「強い良い子」は、なにかしら普遍的な魅力を持っている場合が多く、別のグループへ移ってもたちまち仲間になれるし、リーダ格にもなる。したがって、自分から分裂して別のグループを作ったりすることもある。このとき、ただ空気を読んで雰囲気に流されていただけの「弱い良い子」は、グループの不可欠な人員ではないという結果に直面することがある。それは、単なる「腐《くさ》れ縁《えん》」のような「関係」に縋っていただけで、「役に立つ子」や「凄い子」のような交換のできないオリジナルな特性を持っていないためで、時間が経ち、環境が変わったりしたときに、あっさりリストラされることになる。

決定的なリストラを言葉で告げられるようなことはあまりない。ただ、なんとなく仲間が遠ざかっていくだけだ。もちろん、会いにいけば会えるし、連絡をすれば応えてはくれる。ただ、しだいしだいに疎遠になり、理由をつけて断られる機会も増えてくるだろう。こうしたときに、なにかしら「寂しさ」や「孤独」というものを実感するようになるかもしれない。

オタク的なものであっても、「役に立つ子」や「凄い子」というのは、周囲が必ず意識している。周囲に意識させるだけで、孤独感というものからは逃れられる。友達に会う必要もない。ただ、その自分の個性、自分の才能を磨くことが人生の生き甲斐《いがい》になることもあって、それがまた「寂しさ」を遠ざける。つまり、もっと「役に立つ奴」になれば良い。もっと「凄い奴」になれば、周囲の人間は無視できなくなる、という信念のようなものに支えられている。これは、精神的な安定が得られ、その人なりの楽しい人生が約束されたようなものだ。

酒飲みの孤独

こうして見ると、寂しさや孤独が、どのような種類の人間の、どのような場面で発現するものか、ということがだんだん理解できてくるだろう。

やや不謹慎だが、酒飲みを例に挙げて考察してみよう。

酒好きというのは、酒を飲むことが好きだというだけではない。それだけという人間は、自宅で毎日一人で酒を楽しむから、そもそも周囲に「酒好き」と気づかれない。そうではなく、大半の酒好きは、仲間と一緒に酔っ払いたい、というタイプである。

大勢で賑やかに酒を飲んでいると、その場は非常に楽しい。しかも、自分の感覚も既に精確ではないので、余計に素晴らしいものに感じられるかもしれない。ところが、数時間の飲み会もお開きとなったとき、この店の外に出れば、あとは一人で夜道を帰っていくことになる、という寂しさが彼を襲うだろう。これが耐えられない。今までのあの素晴らしい楽しさが一瞬にして消えてしまう。まさに「バブル崩壊」である。それはなんとしても避けたいところだ。

そこで、とにかく二次会というのか、次の店へと仲間を誘うことになるだろう。このプロジェクトが決定すると、また楽しさが戻ってくる。このとき、酒飲みの機嫌は最高潮に達するのである。途中で帰ってしまった者は、もう仲間ではない。ついてきてくれたのは同志だ。本当の友達だ、とこのときだけは信じることができる。もちろん、それは酔って感覚が鈍っているだけのことで、明らかな幻想、勘違いではある（酔いが醒《さ》めたときにどう感じるかで、多少はその勘違いが実感できるはずだ）。

孤独の中に一人残されるくらいならば、酔い潰れた方がましだ、と考える人もいて、最後は自分を見失ってこの夜は終わるのである。その終わり方が最善、といっても良いくらい、これが正解かもしれない。そうしないと、楽しかった時間を一切帳消しにするだけの寂しさに襲われるからだ。

もちろん、翌日になって、酔いが醒めたときに、孤独を感じる人もいるだろう。僕の知合いには、飲み会の翌日、みんなのところを回って頭を下げ謝りまくる、という人がいた。そこで、みんなが「何言ってるの？　大丈夫大丈夫」と笑ってくれるのを見ないと、寂しさが拭いきれない、という心理だったようだ。

一次会であっさりと帰ることができるのは、この虚構の楽しさよりも、自分の時間、自分の家、自分の家族など、現実の楽しさを持っている人である。飲み会が「虚構」だと知って楽しんでいる。だから、「楽しかったね、じゃあ、また明日」と笑顔で帰っていく。ところが、そういう現実を持っていない人は、虚構であれ、このさきにあるかもしれない楽しさから、自分が仲間外れにされることを怖れ、金はかかるし体調にも自信がないけれど、ついていかざるをえない。

飲むまえには「虚構」だと知っていても、飲めば、目の前に展開する楽しさはとても虚構だとは思えない。ここに真実がある、ここに真の友情がある、と思えてくる。そういう人が飲み続けるのだろう。

虚構喪失の孤独

さて、酒飲みの話をしたが、実は、酔わなくても、ほぼこれと同じことが起こる。それが実社会で多く観察される。つまり、酒など飲まなくても人間は酔える、ということである。小説を読んだり、ドラマを見たり、といったフィクションの世界に浸ることもできるし、また、現実を基にして、自分が想像した虚構を楽しむこともできる。この場合は、「惑わされている」わけではないが、そんな幻想に身を委ねるのも、もしかしたら幸せかもしれない。ただ、いずれにしても、虚構が崩れたときにはダメージを受ける。虚構が崩れるのは、その虚構が現実の他者に支えられている構造を持っているときだ。すべてが自分の内にあれば、簡単には崩れない。他者に依存しているため、その他者の行動が自分のイメージに反していれば、虚構が成り立たなくなる。虚構が崩壊することで、ときには、生きていくうえで致命的なダメージを受ける人もいるだろう。

大事なことは、そのダメージを受けたとき、つまり、寂しいとか孤独だなと感じたときに、自分がどんな虚構の「楽しさ」を失ったのか、と考えてみることである。場合によっては、それがたった一つの特定できる原因であり、また別の場合では、よくわからない沢山のものの積み重ねのようにも感じられるだろう。

そのうえで、さらに考えるべきことは、その「楽しさ」がそもそも実在したものなのか、と確認する作業ではないかと思う。

考えることは、基本的に自身を救うものである。考えすぎて落ち込んでしまう人に、「あまり考えすぎるのは良くない」なんてアドバイスをすることがあるけれど、僕はそうは思わない。「考えすぎている」悪い状況とは、ただ一つのことしか考えていない、それればかりを考えすぎているときだけだ。もっといろいろなことに考えを巡らすことが大切であり、どんな場合でも、よく考えることは良い結果をもたらすだろう。

第2章

何故寂しいといけないのか

寂しさという感覚

第1章では、寂しさや孤独感の原因が、楽しさの喪失にあることを述べた。また、そこでは、「群れ」を良しとする動物的な本能が関わっているだろう、という推論を基本にしつつ、それ以外にも各自が想像する虚構の「楽しさ」と現実とのギャップへと考察が移った。この観点からすると、「寂しさ」や「孤独感」がいけないものだという認識は、自身の生存にとって不利である、という感覚に基づいていることは明らかである。

しかし、それでもなお、本章では、寂しいことがどうしてそれほど怖れられるのか、という点について、もう少し考えてみたい。何故なら、「なんかちょっと寂しいね」というようなライトな感情ならば問題はないが、なかには、「寂しさ」に押し潰されてしまう人がいるからだ。孤独のために死を選ぶような人も、たぶんいるだろう。

生存の危機という意味ならば、たとえば、「空腹」なども同様だと考えることができる。「寂しさ」よりもずっと「死」に直結している感覚だ。それでも、「空腹」の人間は、何をすべきかということがわかっている。これは、動物にもすべて備わっている機能であり、ただただ「食べたい」と思い、食べ物を探す、という行動を取る。それに比べると、「寂しさ」は、単純に「仲間と一緒にいたい」から「仲間を探そう」という行動に直結する場合が少ない。何故なら、「空腹」よりも「寂しさ」の方が原因が複雑であり、簡単な解決が難しいからだ。自分ではどうすることもできない、というような場合だってあるだろう。

この場合の「複雑さ」というのは、「寂しさ」の原因が、単に漠然とした「仲間」の有無ではなく、もっと上級な感情や意思に関係しているからだ。幼子が母を捜して泣く、というような動物的な行動や、単に、特定の恋人が目の前にいないから寂しい、といった類の寂しさや孤独感は、明らかに「単純」であり、解決の方法も特定できる。けれども、人間が抱《いだ》く「孤独」というものは、それほど単純なものばかりではない。それはもう、多くの人が理解しているだろう。十代になれば誰にでも一度は訪れるものだし、二十代で社会に出れば、明確に認知されていなくても、ほぼ全員の心のどこかに、ちらちらりと表れる感覚だと思われる。

はっきり言えるのは、孤独を感じない人間は、人間としての能力が不足している、ということである。それについては、またのちほど詳しく書きたい。

孤独を怖れる理由

さて、ここで考えるのは、死に直結するわけでもないのに、どうして、我々の多くは孤独をそれほどまで怖れるのか、という問題である。この傾向は、特に若者に多い。やはり、社会全体をまだ知らない、社会と自分の関係も不明瞭だ、という時期に抱く孤独感は、無視できないほど本人に影響を与えることがある。実は、本書を書こうと思ったのも、できれば、その得体の知れない孤独感のようなものを、少しでも和らげることができないか、と思ったからだ。すなわち、僕は、そういった孤独感が、主として外界の観察不足と本人の不自由な思考から生じるものだと感じていて、「思い込み」を取り除くことと、少し「考えてみる」ことが、危機的な孤独からの脱出の鍵になると考えているからである。

たしかに、寂しさは、自身の状態としてマイナスである。気持ちの良いものではない。長く続くと、だんだん自分の存在自体が嫌なものに思えてくる。こんな状態が今後も長く続くのなら死んだ方がましだ、と考えるのも不自然ではない。その悲観的な予測自体は、間違いとはいえないからだ。

ただ、そのまえに、やはり「寂しさ」が何故いけないことなのか、を考えてみよう。どうして、こんなに嫌なものに感じてしまうのか、ということだ。それは、絶対的な地獄の苦しみなのだろうか？

こういった場合に、「嫌なものは嫌なんだからしかたがない」と言う人が多い。これは、典型的な「思考停止」であって、その症状の方が、寂しさや孤独よりもずっと危険な状態だと思われる。思考しなかったら、つまりは人間ではない。人間というのは、考えるから人間なのだ。したがって、考えることを放棄してしまったら、それこそ救いようがない、という状態になってしまう。

知らず知らずのうちに、考えるのは面倒だから、考えない方が楽だから、とずるをするようになってしまう。まずは、この姿勢を改める意味でも、簡単なことから考えてみることをおすすめしたい。

寂しいと、どんな悪いことが貴方《あなた》に起こるのか？

寂しいと泣けてくる、寂しいとなにもしたくなくなる、寂しいと体調も悪くなる、というようにいろいろなマイナス現象が人によって生じると思う。逆に、楽しいと、うきうきして何事にも積極的になれ、重かった躰も軽く感じられ、体調も良くなる。

これらは、現象として観察されることだ。なかには、涙が出ることが寂しいこと、やる気がなくなることが寂しいことだ、というように定義をしてしまう人もいるだろう。

けれども、よくよく考えてみると、やはり、寂しいことが悪いことだという先入観があるから、いろいろなマイナスが表面化するのではないか。多くの人が単に思い込みだけで「寂しさ」を必要以上に悪く捉えているように、僕には見える。

寂しさの価値

「じゃあ、寂しいとなにか良いことがある?」そう尋ねる人もたぶんいるだろう。

それが、実はある。いろいろな面で、そういうことが実際にある。わかりやすい話をまずすると、「賑やか」なのは良いこと、その反対の「寂しい」のは悪いこと、というように一般に捉えられているけれど、この場合の「寂しい」というのは、「静かで落ち着いた状態」というふうにも言い換えられる。パーティなどは賑やかだが、茶室の中は静かだ。日本古来の伝統美には、「わび、さび」の精神があることはご存じだろう。これは、つまり「侘《わび》しい」こと、「寂しい」ことだ。

自然の中、山奥へ足を踏み入れると、そこには都会にはない静けさがある。これは「寂しさ」以外のなにものでもない。こういった環境が、人間にとってマイナスだとはけっしていえないはずだ。むしろ、そういった「静けさ」がとても大事な場面がある。たとえば、ものを考えるときには、「賑やかさ」は煩《うるさ》くて邪魔になるだけだ。数学の問題を解くときには、周りで友達たちが楽しそうに騒いでいる場所は、明らかにマイナスではないか。

なかには、「寂しいといろいろ考えてしまって余計に憂鬱《ゆううつ》になる」と言う人もいる。この言葉が示しているのは、「賑やかなところではなにも考えなくても良い」という点である。もしかして、人は思考停止を本能的に望んでいるのだろうか、と思えるほどである。

考えることが苦痛だ、と感じる人には、寂しさはたしかにマイナスかもしれない。寂しさのプラス面が活用できない、ということになるからだ。では、音楽を聴くときはどうだろうか。自分の好きな音楽をじっくり聴きたいときには、周りは静かな方が良いのでは？

音楽を真剣に聴くという「精神集中」は、実は思考に近いものだと僕は思っている。同様に、読書に浸る、絵を描くことに没頭する、というのも思考に近い。これらに共通しているのは、「個人の活動」であって、静かな環境が相応《ふさわ》しい。大勢の中にあっては、気が散ってしまい、やりにくくなる。

このように少し考えるだけで、寂しさや孤独が、実は人間にとって非常に大事なものだということがわかってくるはずだ。この点についても、詳しくは後述したい。

植えつけられた不安

もう一度話を戻して、何故そこまで「寂しさ」を遠ざけようとするのか、と考えてみると、次に思い浮かぶのは、そう「思い込まされている」という点である。

おそらく、人間が持っている本能的な感覚を利用しているものと思われるが、多くのエンタテインメントでは、仲間の大切さを誇大に扱う傾向があるし、またそれに伴って、孤独が非常に苦しいものだという感覚を、受け手に植えつけているように観察される。ドラマやアニメでも、そういった演出が過剰に繰り返される。これは、たとえば「家族愛」などでも同様で、そういった種類の「感動」は、作り手にとっては技術的に簡単であり、また受け手も生理的に受けつけないというものではない。このため、みんなが利用する結果となり、社会に広く出回る。このエッセンスさえ入れておけばまちがいない、という定番になっているのだ。

ＴＶも映画もアニメも小説も漫画も、この安易な「感動」で受けようとする。穿《うが》った見方をすれば、安物の感動である。そういったもので現代社会は溢《あふ》れ返《かえ》っているように僕には見える。愛する人が死ねば悲しい、でも、その寂しさから救ってくれるのはやはり仲間だ、というありきたりの「感動」がいかに多いことか。受け手も、そういった類型を繰り返し見せられれば、条件反射的に自然に涙が流れるようになるだろう。人が死ぬ場面や、泣き叫ぶ場面、親子や恋人が引き離される場面で、涙が出るのは自然である。ただし、涙が出ることが、すなわち「感動」ではない。よく、「号泣《ごうきゅう》もの」だと作品の宣伝をすることがあるが、泣くことができれば優れた作品だという評価が、完全に間違っている。人を泣かせることなど、誰にでもできる。それは「暴力」に似た外力であって、叩《たた》かれれば痛いと感じるのと同じ単純な反応なのだ。

しかし、このような「感動の安売り」環境に浸って育った人たちは、それらが感動的なもので、素晴らしいものだという洗脳《せんのう》を少なからず受けるだろう。思考停止がさらに進み、植えつけられたものがその人にとっての価値観になり、常識にもなる。自分で考えなくなると、それが「普通」で絶対的なものになり、そうでないものは「異常」だとさえ感じるようになる。

結局、こうして植えつけられた観念からすると、孤独は、排除しなければならない異常なものになる。あってはならないものだから、孤独を感じるだけで、自分を否定することにつながる。その観念がどこから来たのかと考えもしない。そこに危険がある。

ステレオタイプの虚構

多くのエンタテインメントは、もちろん悪意があって作られているわけではないはずだ。むしろ、「友達は大切だ」「家族の絆《きずな》を大事にしよう」という道徳的な指導をしているつもりかもしれない。その効果はたしかに認められる。その指導を受けて、良い方向へ進む人の方がむしろ多数だろう。けれども、そうではない場合もある、ということを忘れてはいけない。すなわち、それが絶対に正しいものだ、と強調しすぎるあまり、なにかのはずみで落ちこぼれた人たちが、自分はもう駄目だ、と絶望してしまうのである。

あまりにも、メディアに流れる虚構が一辺倒だ、ということに最大の問題があるだろう。たとえば、家族にも友達にも関係なく強く生きている人間を描くことがあるだろうか。友達や家族に裏切られても、自分一人で楽しく生きている道があると教えることがあるだろうか。どうしても、そういうものは寂しさを伴ってしか表現できない。一般の人はこうは考えないよね、と決めつけてしまっているからだ。

少数派であっても、その生き方や価値観を無視してはいけない。仲間や家族が人生で最高に大切なものでなくても、けっして異常ではないし、また寂しいわけでもない。それ以外にも、楽しさはいくらでもあるし、また美しいものだって沢山ある。そういったものを、ときには認めることが必要なのではないか、と僕は強く感じている。

一般的ではないだろうけれど、たとえば、天体観測に一生を捧げる人生だってある。数学の問題を解くことが、なによりも大事だという人生だってある。仏像を彫るために、命を懸ける人生だってある。そこには、仲間とか家族とか、親しさとか愛とか絆は存在しない。ただ自分一人がいる。普通の人には、それは寂しい人生であり、まちがいなく孤独に見えるだろう。しかし、本人にとっては全然そうではない。それが楽しいと感じ、いきいきとして笑顔で毎日を送っているのだ。現に、僕はそういう人間を何人か知っている。彼らは、僕から見ると、むしろ一般の人たちよりも、よほど楽しそうに見える。人生を謳歌している。その「自由さ」は、けっして異常ではない。どちらかというと、僕はその方が人間的であり、より高いレベルの楽しさだ、と評価したいくらいだ。

もう一つ言えることは、そういう自由な人生を送っている人たちは、他者と競争をしないし、平和を望んでいるし、人に迷惑をかけないマナーも持っている。世界中の人がこんなふうになったら、戦争もなくなるし、争いもなくなるのではないか、と思える。どうして、彼らの生き方を否定することができるだろう。

楽しさのための準備

さて、もう少し深く考えてみよう。そもそも「楽しさ」と「寂しさ」というのは、光と影であって、どちらかだけが存在するものではない、ということが、自分や他者の観察からわかってくるはずである。それは、波のように揺れを繰り返す運動の上のピークと下のピークでしかない。楽しさがあるから、寂しさを感じるのだし、また、寂しさを知っているから、楽しいと感じるのである。

もしも、毎日がパーティで、ずっと大勢と一緒にいて、常に賑やかな時間を過ごす、という王様のような生活だったらどうだろう。想像してみてほしい。おそらく、長続きはしない。少し静かな自分一人の時間が欲しい、と感じるにきまっている。もちろん、この逆に、ずっと一人だけの生活をしていると、たまには誰か遊びにきてくれないかな、と自然に思う。どちらの状態が良くて、どちらが悪いというものではなく、賑やかで楽しい時間も、静かな寂しい時間も、いずれも必要なのではないか。そして、どちらかに偏ることのない変化こそが、まさに「生きている」という面白さ、醍醐味《だいごみ》であって、苦しみのあとに楽しみがあり、賑やかさのあとに静けさがある、その変化こそが、「楽しさ」や「寂しさ」を感じさせるともいえる。前章で、孤独とは楽しさを失う感覚だと述べたのは、結局は、失うというその変化が、寂しいと感じさせる根源となっている、ということであり、逆に言えば、楽しさは、苦しさや寂しさを失ったときに感じるもの、となる。

したがって、寂しさが何故いけないものか、と考えている本章における一つの答というのは、そのいけなさの理由は何かと問い直すことで理解できるだろう。悪とは善からの変化であり、善とは悪からの変化であるのだから、すなわち、寂しさがもしマイナスだとすれば、それはプラスあってのマイナスだと捉えることができる。

しかも、こういった変化は当然ながら、生きているうちは繰り返される。まさに「波動」なのだ。ということは必然的に、「寂しい」「孤独だ」と感じることが、そののちに訪れる「楽しさ」のための準備段階なのである。「いけない」というのも、「良い」状態へのジャンプのために屈《かが》んでいる瞬間なのであって、多少の苦労というか面倒はつきものだ。

このように、「孤独」を感じたときには、それだけこれから「楽しさ」がある、というふうに解釈すれば良い。それを知っている人が、「さび」の世界に浸ることができる。その余裕があり、それが「美」でもある。

サインカーブで考えてみる

やや、強引なことを書いた。あまりにも話が上手すぎる、と感じられた方は多いだろう。逆に言えば、それくらい、「寂しさ」が何故悪いことなのか、その確固とした根拠がない、ということでもある。それは、「楽しさ」とは何だ、という問いでもまったく同じなのである。友達と仲良く遊ぶ時間が何故楽しいのか。それは、友達がいなかった寂しい時間を失ったからにほかならない。生命維持への本能を除外すれば、それ以外に説明ができない、と僕は考えている。

また、波のように繰り返すと書いたが、自分はずっと孤独感を味わっている。将来にわたって、今のこの状況から抜け出せる気がしない、と悩んでいる人がいるかもしれない。例は極端だが、死刑を宣告されて独房に閉じ込められた人がそう発言すれば、たしかに否定できない、あるいは否定が難しい（そうでもないと思うが）。けれども、少なくとも自由の身であって、自分の好きなことに時間を使える人だったら、将来のプラスへの転換に向けて、なにか手が打てるのではないか。現在が面白くない状態であっても、なにか考えてみることはできる。将来の自分のために何が今できるのか、と対策を練り、準備をすることができる。このように計画を立てるだけでも、あるいは設計図を思い描くだけでも、気持ちは大いに好転するはずだ。また、それに向けて具体的に実行できることから始めると、さらに楽しくなってくる。この段階で既に、寂しさや孤独感から脱している場合が多い。

波のように上がったり下がったりするのが、人間の気持ちの変化である。バイオリズムのカーブを思い出してほしい。理系の方ならサインカーブでわかると思う。この一番高いところにいるのが「楽しい」状態であり、一番低いところが「寂しい」状態である、と普通は考えるだろう。しかし、それは少し違うと僕は感じている。人間というのは、自然に「先読み」する性質を持っている。実は、このカーブで一番「上を向いている」のは、上下ピークのちょうど中間、つまり、マイナスからプラスへ転じるときである。逆に、一番「下を向いている」のは、プラスからマイナスへ転じるときだ。いずれも、

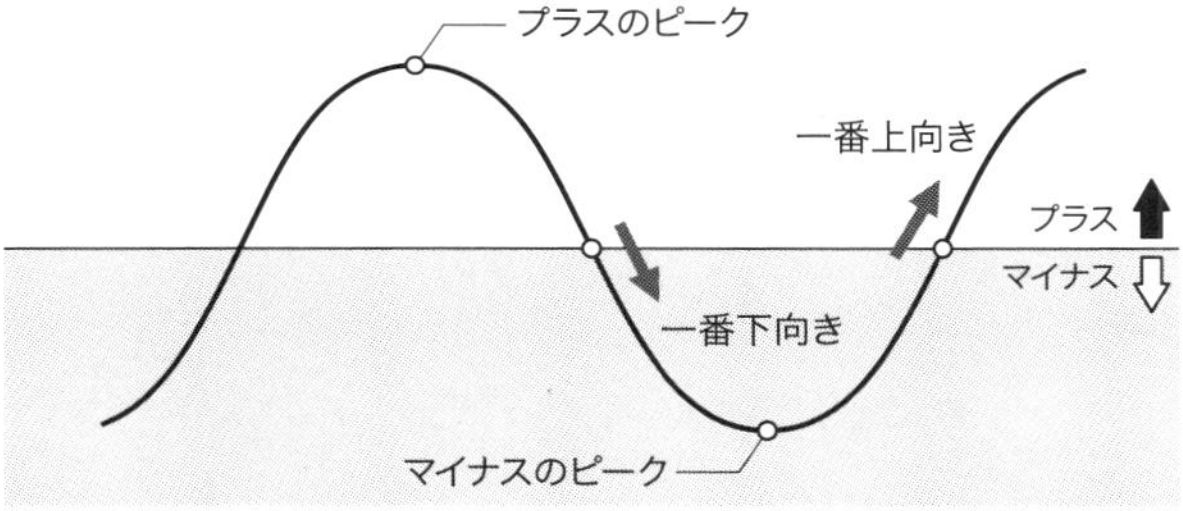

図1

状態としては、ゼロの地点になる。人間は、現在の状態ではなく、現在向かっている方向、その「勢い」によって感情を支配されている場合が多い。だからこそ、ずっと最上の状態にいるはずの王様は退屈するし、ずっと酷い状態にある独房の死刑囚もさほど孤独に悩まされたりはしないはずである（あくまでも想像だが）。むしろ、こういった変化のない状況の継続は、ある種の悟りの領域に達する可能性だってあるだろう。

感情に影響するのは変化率

少し難しい表現になるが、これは、実際の位置（ポテンシャル）ではなく、速度（ヴェロシティ）に気持ちが左右されていることを示している。数学的に言うと、速度というのは、位置を時間で微分したものである（「微分」がわ

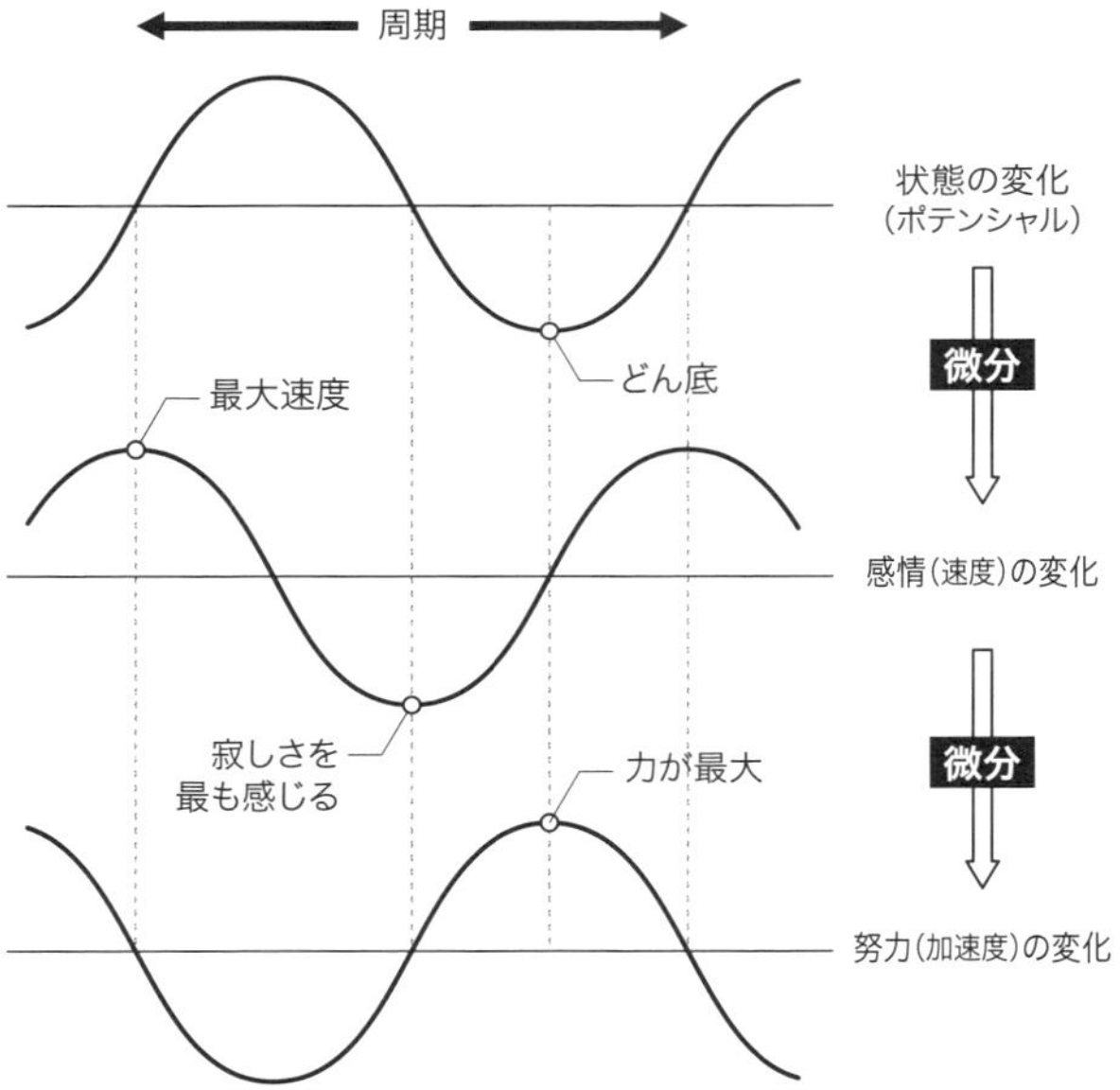

図2

からない人は、「変化率」のように考えれば良い）。この点は、前章で書いたことの言い換えにすぎないが、さらに注目すべきは、その「速度」のためにどこでエネルギィが使われたか、と考えられることである。

ニュートン力学の定義によれば、速度を変えるものが、すなわち「力」だからだ。そして、速度の変化とは、つまり加速度である。この加速度は、速度をさらに微分したものだから、最初のサインカーブがコサインカーブになって、周期の4分の1ずれ、さらにコサインカーブを微分するともう4分の1周期ずれて、最初のサインカーブが上下逆になる（マイナスのサインカーブ）。これが意味するのは、どん底にあるときに、実は、上昇するための最大の力を使っている、ということである。さらにつけ加えると、最も楽しさを感じる、最大速度の地点で、力がゼロになり、その後はブレーキ（逆向きの力）がかかり始める、ということである。

僕は、小説の中であるキャラクタにこんな台詞《せりふ》を言わせたことがある。

「死を怖れている人はいません。死に至る生を怖れているのよ」

これも、同じ理屈だ。無意識のうちに、人間は現状（ポテンシャル）の変化を微分したもので感情を動かされているのだ。

人間の調子、人間が成す仕事の調子、あらゆるものの道理がここから見えてくる。つまり、どん底にあるとき、人は「なんとかしなければ」と一番踏ん張るから、それがその後の上昇のきっかけになる。しかし、その上昇が一番速いところで「楽しさ」を感じて満足してしまうため、知らず知らず、努力の力はゼロになっているのである。

寂しさの頂点、孤独のどん底にあるときに、人間の精神は最も活動し、自分のことを心配し、なにか手を打とうとやっきになる。もちろん、それ以前から、手は打ってはいるが、このとき努力が最も大きくなる、という意味だ。そして、まだマイナスの領域にいる状態であっても、少しずつ上向きになるにつれて、アクセルを緩め始める。油断をするのかもしれないし、そもそも、油断をするために苦しんだ、と考えることもできる。

寂しさを最も感じる地点では、まだ努力ができていない、ということも、図2からわかると思う。寂しさや孤独を感じたときには、なにも手につかないので、しばらくはそのまま落ち込んでいくだけになるのだろう。

基本にあるのは生と死

勘違いしないでもらいたいのは、このような浮き沈みが一定の周期で訪れる（つまり、バイオリズムのように）ということではない。サインカーブは、説明のための単なる模式図であって、実際の「波」は、沢山のサインカーブが組み合わさった複雑な形をしているはずである。しかし、その変化率を考えることで心理的な影響をある程度捉えることができる、という意味である。

さて、もう一度、「何故孤独はいけないことか」という問題に戻ろう。以上の考察で見えてくるのは、次のようなことである。孤独を感じた時点ではまだ、それほど最悪の事態になっていない。ただ、今後酷いことになると予想できる。しかも、そのときには、なんらかの「努力（力）」が必要になる。

動物にとって、力を出すこと、エネルギィを消費することは、「疲れる」ことなのである。力を出し切ったあとの疲労は、「死」へ近づく感覚であり、少なくとも、「元気でなくなる」のだ。また、疲れることは「苦しく」「面倒」であり、できるかぎり避けたいという意識が生理的にも働くだろう。

つまり、「寂しさ」が自分にとって「悪い状況」だという感覚は、その後に力を消費することへの恐怖であり、結局は、「疲れる」から、「面倒」だから、という「嫌な予感」から来ているものといえる。

この反対に、「楽しさ」を「良い状況」だと感じるのは、その後にある「リラックス」、つまり脱力にある。それは休息であり養生だから、「元気」へとつながる効果がある。それが嬉しい、ということになる。

こうしてみると、やはり、人間の感情を支配しているものが、生と死であることを再認識せざるをえない。それほど、人は「生きていること」と「いずれ死ぬこと」から逃れることができないのだ。生き物の宿命といわざるをえない。

自分を自由にするためには

けれども、だからといって、それがしかたがないものだと諦めることもない、と僕は考える。単に、無意識にそう感じてしまうというだけの「条件反射」であって、その感覚は、完璧ではないにしても、ある程度は自分の思考で修正、あるいは上書きできるはずなのだ。すなわち、「寂しい」のが悪いという理由は、「死」を連想させるものだから、というだけのことで、「死」そのものではない。その正体がわかってしまえば、さほど恐くはない。たとえば、多くの人は、人が何人も死ぬドラマや映画を平気で見ることができる。恐ろしい場面が頻出するスリラものも、「楽しむ」ことができるではないか。

いや、フィクションの寂しさと自分に降りかかった寂しさは全然違う、と言う人もいるかもしれないが、自分に降りかかったその寂しさの根源は、貴方が頭の中でただぼんやりとイメージした夢のような「死」への予感にすぎないのである。これは、まちがいなくフィクションだろう。

寂しさを紛らすために、なにか手を打たなければならないし、そのための苦労が面倒だ、これは実害ではないか、と主張するかもしれない。しかし、その寂しさがフィクションだと考えれば、気持ちを切り換えるだけの「面倒」で済む問題なのである。

このように物事を突き詰めて考えることで、自分が囚われている得体の知れない感情を克服することができる。考えれば考えるほど、気持ちは楽になり、自分を自由にすることができる。これが、たぶん本書で僕が書きたい最も大切なテーマだ、と思われる。

仲間や友達を美化したドラマや小説や漫画が多いのは、そういうものが創作しやすいからにほかならない。個人を救うものが、たとえば個人の趣味とか哲学とか知識であったとしても、それらはドラマとして描きにくいのだ。ドラマには、救うもののシンボルとして、人間のキャラクタが登場しなければならない、そうでないと話が作れない、というだけのことだ。

たとえば、偉大な科学者や数学者を思い浮かべてもらいたい。彼らの人生において、物理学や数学は自分を活かす場（現実）だった。そこでの個人的な思考は、まさにエキサイティングであり、一般人には経験することができないほど、大きな楽しみがあったはずである。そんなことが想像できるのも、僕が実際に自分の研究の過程で、それに近いものを味わった経験があるからである。

そこには、「他者」というものが必要ない。自分一人だけの「静けさ」の中にある感動であって、人間だけが到達できる「幸せ」だと確信できる。その中にあっても、もちろん浮き沈みがある。沈んでいるときには、なにもかもが虚《むな》しい。けれども、一つの目標が達成されたり、これまでになかった新しさを見つけたときには、嬉しくてたまらない。どう説明をすれば良いのかわからないが、それは、友人と楽しく遊ぶことよりも、愛する人と一緒にいることよりも、もっともっと比較にならないほど大きな喜びである、と断言できる。

考えないことが寂しい

普通の人はこれを知らないのだ、という孤独感を抱くほど、科学者や数学者は、その「楽しさ」を独り占めしているのである。滅多にないことだが、こんな「楽しさ」を感じるときには、本当に人類全体、この世のすべてが素晴らしいものだと思えてくる。なにもかもがハッピィになる。

これは、なかなか他者には伝えられない。学者のドキュメンタリィを作ってその生涯を描いても、肝心の部分は一般の理解が及ばないから、たぶんカットされる。それよりも、その学者の日常や家族や、そんな雑多で細かい周辺事項が描かれるだけだろう。なかには、大変な苦労をして研究を続けた人もいる。しかし、何故そんな偉業ができたのか。それは不屈の精神のなせるわざだと普通は語られるが、全然違う。ただ単にもの凄く楽しかったからなのだ。ほかのすべてを、ときには自分の命を削ってでも、それを求めたい。それほど、その楽しさは燦然《さんぜん》と輝く存在だったからなのである。

普通の人には理解ができないし、これをドラマに仕立てることは難しい。けれども、少なくとも、そういう人を見て、「偉業を成し遂げたけれど、家族は犠牲になった」とか「実生活では寂しい人生だった」といった解釈は明らかに間違っている、ということは確かである。そういう言葉で片づけようとする人がいかに多いか、いつも僕は「違うよなあ」と違和感を抱くのである。

そもそも、他人のことを「なんか、あの人、寂しいよね」と評することが間違っている。勝手な思い込みで、一人でいることは寂しいこと、寂しいことは悪いこと、という処理を、考えもしないでしているだけなのだ。同じ価値観で返せば、そういう「考えなし」こそが、人間として最も寂しいのではないか。

僕の価値観では、そうはならない。僕は、寂しいことが大好きだ。寂しい場所が好きだし、一人でいる時間は長い方が良い。ときどき、ゲストがあるとそれなりに嬉しいけれど、ときどきで充分だ。ものを考えるときには、誰もが一人である。ものを発想する、創作するという作業はあくまでも個人的な活動であって、それには、「孤独」が絶対に必要である。わいわいがやがやとやっている時間から生まれるものもゼロではないが、そんな例外は、一人のときに悩み考えていた人が、その賑やかな場のリラクゼーションからふと思いつくアイデアである場合がほとんどだ。

もちろん、だからといって、他者を無視しろというわけではない。個人の知能には限界がある。他者とのやり取りから生まれるものも非常に多い。それでも、その多くは書物を通して得られる情報である。読書をするときは、やはり一人で静かな方が良い。

こうしたことは、かつては当たり前に認識されていただろう。静かに一人で過ごす時間の大切さは、どの文化でも語られているし、また、それは贅沢《ぜいたく》で貴重なものだと多くの人が認識していた。それが、ここ数十年の情報化社会において、少し忘れられているところではないかと思う。現代は、個人の時間の中へ、ネットを通じて他者が割り込んでくる時代であり、常に「つながっている」というオンライン状態が、この貴重な孤独を遠ざけている構図が見える。

虚構が作る強迫観念

ドラマになりにくい、感動を作りにくい、という面があって、孤独の大事さを広く（特に子供たちに対して）伝えることを長年怠ってきた。人気のあるキャラを作って、人気のあるアイドルを使って、多くのエンタテインメントは作られるが、それらは例外なく「つながり」をアピールする。そうすることが商売にとって有利だからだ。こんなものばかりに現代の子供は浸っているのだから、どうしても洗脳されてしまうだろう。

みんなと同じことをしなければならない。学校へ行ったら一人でも多くの友達を作らなければならない。力を合わせみんなで成し遂げることが美しい。感動とは、みんなで一緒に作るものだ。それが、現代の「良い子」たちである。大勢が、「感動」をもらおうと口を開けているヒナのように見える。自分の頭の中から湧《わ》き出《で》る本当の「感動」を知らない。誰もいないところで、一日中ただ一匹の虫を見ているだけで、素晴らしい感動が得られることを体験することができないのだ。

このような洗脳から生み出されるのは、「孤独を怖れ、人とつながる感動に飢えた人々」であり、これはすなわち、「大量生産された感動」を買ってくれる「良い消費者」にほかならない。企業はこんな大衆を望んでいる。社会は、こんなふうにして、消費者というヒナを飼育して、利益を得ているのだ。いうなれば、「家畜」である。僕には、こんな大勢は眠っているように（意思がないように）見えてしまう。

ごく素直な視点から眺めればそう見える、ということだ。けれども、家畜はある意味で幸せかもしれないし、本人が知覚していなければ「寂しい」わけでもなんでもない。それはそれで良い。口出しするつもりは、僕にはない。ただ、その家畜たちが、ごく少数のオタクを指さして、「あいつは寂しいな」と笑うのは、間違いというよりも、滑稽だと感じるだけである。どちらが寂しいかという問題でもない。どちらも、自分の好きなようにすれば良い。

少々筆が滑ったが、つまり、僕がここであえて過激に書いたのは、少々のカウンタ・パンチを打たないと、気づかない人が多いためだ。大勢は少数を否定するが、少数は大勢を認めているのである。お互いが認め合うのが筋ではないのか、ということを言いたかっただけだ。

商売の観点からすると、「寂しい」ことは「売れない」ことであって、経営における死活問題になる。これが、商売の生死感だ。だから、できるかぎり「寂しくない」ような演出をしなければならない。

またも例が悪いかもしれないが、たとえば、スポーツ選手が勝つために努力をするのは、非常に個人的な活動であり、そこには必ず孤独があるはずだ。けれども、その選手が勝利したときのインタビューでは、「一人でこつこつとやってきた甲斐がありました」とは言えない。「応援してくれた皆さんのおかげです」といった言葉になるのである。それを聞いた子供たちは、「感動をもらった」というような言葉を鵜呑みにして、「僕もみんなから注目されたい」、と考えるだろう。そのスポーツ選手は、ファンがいなければ業界が傾くから、宣伝文句としてそう言っているだけである。つまり、コマーシャルのキャッチコピィなのだ。年齢を重ねれば、だんだんわかってくることでも、子供はそうは受け取らない、という点を忘れない方が良いだろう。

子供向けの無責任な綺麗事

「努力を続ければ、いつかは勝てる」「自分を信じていれば、夢は実現する」といった言葉が先行する。しかし、努力を続けても勝てない大勢が必ず出る。自分を信じることはできても、夢はまだまだ遠い。それが普通の現実である。しかし、言葉を鵜呑みにした人たちは、どうして良いのかわからなくなる。特に、みんなに認めてもらいたい、人気者になりたい、と願っていたことが実現しない状況を突きつけられることが、寂しさを大きくする。孤独感も抱かせるだろう。さて、どこで間違いがあったのだろうか？自分には向かなかった、自分には才能がなかった、と気づくことで方向修正ができる人は幸いである。けれど、「自分を信じろ」と教えられた素直な子供は、そんな簡単に諦めるような真似はできないはずである。信じれば信じるほど、追い込まれてしまうことが、ないとはいえない。

もっと素直に、現実を教えれば良い、と僕は考える。正直に、理屈を教えれば良い。それができないのは、「もっと夢を与えたい」という商売のキャッチコピィを引っ込められないからだ。

僕がここで言いたいのは、誰が悪いという話ではない。ただ、「あれは作られた台詞だよ」と誰かが子供たちに教えてやる必要があるということ。頭の良い子なら、それくらい自分で悟るだろうけれど、真面目に信じてしまったりする子も多いはずだ。その文句に縋る子だっているだろう。そこに危険がある。

つまり、寂しさというものはいけない状態だ、という概念を捏造《ねつぞう》する存在の中で、今や最強のものが、この商売や経済活動の中にあって、しかもマスコミがそれを毎日流し続けているのである。繰り返すが、商売なのだから、ある程度はしかたがない。商売は、儲《もう》けることが目的だし、そのために効率の良いものを選び、またイメージを良く見せて宣伝をする。それに対して文句を言ってもしかたがない。ただ、このようなものに囲まれて育つ子供たちに対しては、それが宣伝であるということをしっかりと教える必要がある。そして、そのケアは子供の身近にいる大人の責任なのだ。こういうことを、政治やマスコミに求めるのはやや筋違いだし、そんな悠長なことを言っている場合ではない。親であれば、自分の子供を守る必要がある。僕は、自分の子供には、これを教えた。それがわかる年齢までは、TVを見せなかった。

こういった洗脳の結果として、妄想的な孤独が、個人の頭の中に生じるわけだが、おそらく、苛めなども同じところに根源があるのではないか、と僕は想像している。具体的なデータを持ち合わせていないので、断言はできない。ただ、メカニズムとして、ほぼ同じように起こりやすい条件だということが、容易に連想できる。

まえにも書いたが、苛めが起こる心理には、苛める側の「絆《きずな》」がある。誰かを犠牲者にすることで、苛めっ子のグループは結束を確かめる。また、そのほかの大勢に対しても、苛めっ子として「認められる」ので、その手応えのようなものが、「苛め甲斐」になっているだろう。さらに、ちょっとした最初の兆候を酷く深刻なものに感じたり、あるいは、苛められる状況が恥ずかしくて隠そうとしたりするのも、幼い頃から植えつけられる美化された「友情」や「仲間」の虚構に起因しているだろう。苛める側も、これを基準にした反発がモチベーションになっているはずである。

若者向けの綺麗事も同じ

子供の話ばかりしていたが、もう少し年齢が上がって、社会に出たての新人、若者についても、ほぼ同じ傾向が散見される。

このまえ、仕事に関する本を書く機会があった。書いた内容を要約すると、仕事にやり甲斐を見つけること、楽しい職場で働くことが、人生のあるべき姿だ、という作られた虚構がある。それをあまりに真に受けて、現実とのギャップに悩む人が増えている。つまり、仕事をしてみたら、苦しいばかりでちっとも楽しくない、やり甲斐のある仕事をもらえない、という悩みだ。その本では、一般の人からの仕事に関する相談が寄せられたが、その中には、「職場が明るくない」とか、「つまらない作業ばかりやらされる」といった悩みが多くあった。これなども、仕事を美化した宣伝のせいで誤解をしている人がいかに多いか、という証左ではないだろうか。

僕はその本で、仕事は本来辛《つら》いものだ、辛いからその報酬として金が稼げるのではないか、というごく当たり前のことを書いたのだが、読者からは、「そう考えれば良かったのか、と目から鱗《うろこ》が落ちた」とか、「読んで気が楽になった。なんとか仕事を続けられそうに思えた」とか、そんな声が多く寄せられた。

当たり前のことが、当たり前でなくなっているようだ。それくらい、商業的な宣伝で作られた虚構が、今や大衆の常識になってしまっているのである。もちろん、それでやる気を出してはりきって仕事ができる人はなんの問題もない。けれど、大いなる期待を抱いて社会に出た人は、やはり悩んでしまう。そんななかには、職場で自分だけが孤立している、と感じてしまい、孤独感に苛《さいな》まれる人もいるだろう。

みんなの顔を見ることなく一人で部屋に籠《こも》ってする作業は、「寂しい」ものであって、楽しい仕事ではない、と一部の若者は考えるようだ。客の顔が見えない、客の笑顔が見たい、自分の仕事が評価されたという手応えが欲しい。それが仕事のやり甲斐というもののはずだ、と考えてしまう。これなども、「仲間」や「友達」とまったく同じだといえる。いろいろなフィクションにおいて、仕事というものが美化されすぎている。その結果、ある種の幻想を持っている若者が大勢いるのである。

あまり諄《くど》くなってもいけないので、このへんにしておこう。もう一度だけ、念のために書いておくが、友達が沢山いて楽しいこと、仲間と楽しく仕事ができること、そういったことがすべて虚構だと書いているのではない。それが本当に楽しいと感じれば、大変に幸せな人生だ。好運以上に、本人の人徳、魅力があるのだろう。それを妬《ねた》んではいけない。ただ、人生には、その道しかないのではない、ということ。人それぞれに生きる道が必ずある。自分は、一人だけで静かにこつこつと仕事をしていたい、という人間もいる。そういう人は、その状態を「寂しい」とは感じない。それを、「寂しい奴だ」と指をさすことが間違いだ、という話である。わかっていただけただろうか？

一人でいることは寂しい、それが寂しいの定義だというならば、寂しさが大好きな人もいる、という表現になる。寂しいのはいけないことではない。寂しいだけで、罪に問われるなんて法律もない。当たり前のことを書いているのだが、多くの人がそれを忘れているように僕には見える。

感動が売り物になった現代

本章では、寂しいことは何故いけないのか、について書いてきたが、結論は簡単だ。寂しいことは、いけなくない。まったく悪くない。それどころか、人によっては、それが良い状況、必要な状況でさえある。

僕は、人間として、寂しさや孤独が掛け替えのない経験だと考えている。それは、苦労をすることが大事だ、といった「一度は経験した方が良い」という意味ではない。そうではなく、自らすすんで、寂しさや孤独を求めても良いほど「価値のあるもの」だと感じているのである。それについては、また章を改めて語りたい。

蛇足《だそく》かもしれないが、一つだけつけ加えておこう。

僕が子供の頃には、子供が嬉しくてはしゃぐと叱られたものである。泣いても当然叱られた。静かにしていなさい、と言われるのである。僕の両親がそんなふうだったから、僕も子供たちを同じように指導した。嬉しくてもはしゃぐな、悲しくても泣くな、というようにである。それが、「上品」な人間だと考えていたし、もちろん今でもそう思っている。

ところが現代では、この考え方はマイナになりつつあるようだ。TVに登場する人は、すぐはしゃぐし、すぐ泣く。そういうことが、恥ずかしくはない、という共通認識がいつの間にか広がったということだろう。それ自体はべつに悪くない。たとえば、アメリカ人なんかあけっぴろげで感情を表に出す人が多い（ただし、アメリカ人にももちろんいろいろなタイプがいるが）。だから、日本人も国際的になった、といえなくもないだろう。

十代の後半にもなれば、人前で涙を見せるなんてことは、男のすることではない、という文化が、かつての日本にはたしかに存在したのである。今の若者はきっと知らないだろう。たとえば、スポーツなどに負けたら、涙を見せる方が好印象だと思っている人の方が多いのではないか。僕は、少なくともそうは思わない。動物ではなく、人間なのだ。感情をコントロールすることの方が「美しい」と考えている。

でも、このように感情を表に出してしまうことが当たり前になったのは、やはり、「感動」を売り物にするドラマなどの影響ではないか、と考えずにはいられない。

僕は、ミステリィを書いて作家としてデビューしたのだが、死体を見ても悲鳴を上げないような人物を沢山登場させたら、「人間味がない」なんて非難されたものである。どうだろう。死体を見たくらいで悲鳴を上げるかな、それくらいでパニックになるだろうか。そんな僕の登場人物たちを、読者は「理系だから」とレッテルを貼ったみたいだけれど、僕はただリアルさを追求しただけだった。

感情を素直に表に出す。オーバに振る舞う。それと同じように、「寂しさ」も必要以上に強調してしまう。そんな文化が最近の傾向かもしれない。だから、「お前、寂しいなあ」と言われるだけで、ショックを受ける子供がいるのだ。なんというのか、感情過敏なのでは?

また、僕は、アニメのキャラクタのしゃべり方が凄く不自然に感じる。声優と呼ばれている人たちは、みんな感情を過度に台詞《せりふ》に込める傾向がある。アニメでは、微妙な表情が描けないから、声でそれをカバーしているのだ。そういう声優が、ハリウッド映画の吹き替えをしたときには、さほど不自然ではない。アメリカ人はあんなふうなのかな、と感じるからだ。しかし、映画に日本人が出てきたときには、吹き替えに違和感がある。アニメでは、登場人物が日本人のとき、変だと感じるわけである。普通の人の声やしゃべり方は、もっと棒読みだ。もっと「素人くさい」のがリアルなのである。

でも、こういった「感情を露《あらわ》にした」ものに慣れてしまうと、それが普通になり、やはり過度に寂しさを感じてしまうことにもつながるだろう。アニメや声優が悪いという話をしているのではない。同じ現象がここにもあって、わかりやすい例ではないか、と思ったので書いた。

大事なことは、虚構と現実をしっかりと見極めることではないだろうか。

第3章 人間には孤独が必要である

個人でも生きやすくなった

前章でも少し触れたが、孤独は人間にとって実に大切で、価値のある状態だ、と僕は考えている。極端な話をすれば、孤独を感じたことがない人間は馬鹿だと断言できる。本章では孤独の価値について述べ、そんな貴重な孤独を何故排除しようとするのか、という疑問を提示したい。

孤独と反対というのは、複数の人間で協力をし合うような状況だろうか。みんなで力を合わせることは、とにかく今では無条件に美化されている。たとえば、スポーツであってもチームプレイが重視される。チームどころか、スタンドのファンまでも巻き込んで、「みんなで戦っているんだ感」を演出する。それはそのとおりだ。つまり、「戦う」には味方が必要なのである。争うときには大勢いるグループの方が有利だし、その大勢が一致団結しなければならない。そういう意味での「頭数《あたまかず》」であり「協調」だ、ということか。

人間は、それぞれに長所と短所があって、個人では至らない部分をお互いに補い合うことができる。こうして、社会というものが上手く機能するように形成されている。それはまちがいない。自分でなにもかもできるはずもなく、一人だけでは生きていくことも難しいだろう。そんな社会の仕組みを否定するつもりはまったくない。社会とは、大勢の人間の協調で成り立つものだ。

しかし、孤独であることは、このような協調社会を拒絶することではない。つまり、他者との共存を否定する意図で、孤独になるのではない。たとえ孤独であっても、他者のため、社会のために役立つことができる。また、孤独であっても、社会の恩恵を受けることもできる。昔は、そういったことは難しかったかもしれない。たとえば、原始時代であれば、グループの一員にならなければ生活にも困っただろう。だが、現代は、そうではない、という意味だ。

僕はほとんど人に会わない

またも悪い例であるけれど、今の僕の生活を少し紹介しよう。僕は、もう二年半ほど電車に一度も乗っていない。自分の庭の中を走るミニチュアの電車なら毎日乗り回しているけれど、いわゆる大勢の人が利用する公共交通機関である鉄道には乗っていない、という意味だ。何故なら、僕はほとんど人に会うことがないし、都会へ出ていく機会もないためである。

毎日、ほとんどの時間、僕は一人で遊んでいる。家には家族も住んでいるけれど、顔を合わすのは食事のときと、犬の散歩に出かけるときくらいしかない。出かけるときは、自分で車を運転していく。だからせいぜい半径数百キロ程度が行動範囲といえる。仕事で人に会うことも滅多にない。すべてメールで済ませている。買い物は九十五パーセントが通信販売で、宅配便が毎日数個届いている。電話が鳴っても出ないし（ほぼ間違い電話だから）、手紙も来ない（みんな僕の住所を知らない）。

それでも、一年に数回は、遠くから友達がはるばる訪ねてくる。そのときは、楽しく過ごすことができる。そういったゲストを煙たがっているわけではない。

一人でする活動は、自分の庭で工事をしたり、ガレージで工作をしたり、書斎で読書をしたり、といったくらいで、日曜日もなければ、盆も正月もない。毎日同じである。外泊も外食もしないし、徹夜もしない。毎日同じ時間にだいたい同じことをしている。

変化はほとんどない、といえる。

どうしてこんな変化がない時間の過ごし方に厭《あ》きが来ないのか、というと、それはその時間が「創造的」であり、もの凄くエキサイティングで、毎日が新しいことの連続で、もの凄く楽しいからにほかならない。僕は、大変な厭き性なので、少しでもつまらなくなったら、すぐにやめてしまう方だ。場所だって、厭きたらすぐに引っ越すというのがこれまでの人生だった。したがって、とにかく、厭きないようにいつも新鮮なことに目を向ける生き方になった。その結果が今の生活なのだ。

この状況は、普通の人から見たら、「孤独」そのものではないだろうか。僕も、これは「孤独」といっても良いかもしれないと思う。同じ家に家族がいるのだから、少なくとも「孤立」ではない。もちろん、この「静けさ」を僕は望んでいたわけで、好きだからこうしているだけだ。常に追求し、探し求めた結果が、この環境なのである。だから、「寂しい」とはまったく感じないが、しいて言葉にするなら、「こんなに素敵な寂しさはない」「この素晴らしい孤独が長く続きますように」となる。

けれども、僕は人間関係を拒絶しているわけではないし、社会との関係を絶っているわけでもない。こうして本を書けば、何万人という読者がお金を払ってこれを買ってくれるのだし、僕は僕で、他者のために自分ができることに力を注いでいるつもりだ。今は、半分引退したようなものだけれど、少なくともまだ金を稼いでいて、税金を沢山納めている。本が売れるということは、その価値がある（ありそうだ）と大勢に認められているからだし、僅《わず》かではあるけれど、社会に貢献しているといえなくもない。

また、今でも幾つかのテーマで研究を進めている。この作業は非常に個人的なものだが、情報を得なければ前進できない場面も多い。そういうときは、ネットで調べるし、また遠く離れたところにいる研究者とコミュニケーションを取る。とある委員会に所属しているので、ネット会議に出席することもある。これは、趣味の方面でもまったく同じで、それぞれが個人で活動をしているけれど、ときどき成果を報告し合い、お互いに評価をし、また刺激を受ける。趣味であれば、まったくの自己満足に終始しても良いのだが、科学分野ではそうはいかない。他者に理解され、他者によって再現できなければ、「技術」にはならない。だから、作業がいくら孤独であっても、成果の評価には、広いコミュニケーションが不可欠になる。それは、人と会って楽しくおしゃべりをすることとは一線を画するものだが、僕にとっては、これが「社会との協調」である。

個人主義に対する拒否反応

このように、孤独であっても、現代社会では生きていける。何故なら、そういった個人主義を許す仕組みが今の社会には成り立っているからだ。昔ながらの村社会では許されなかったことかもしれない。でも、今はそれだけ自由になった。ネットの普及が大きいと思うし、また人の意識がずいぶん変わってきたという違いがあるだろう。その意味では、孤独とは今や「自由」の象徴でもある。

大勢の仲間に囲まれて生きていきたい人は、もちろんそうすれば良い。そして、そうではなく一人でひっそりと生きていきたい人も、それができるようになったということだ。両者は共存できるのである。

ところが、まだ古い考えがあちらこちらに残っていて、群れを離れようとする一人に、非難の目を向ける人たちがいる。自分たちと同じ価値観ではないことが気に入らない人たちだ。そもそも群れを作る意識が、そう感じさせるのだろうと思う。昔よりは、目を瞑《つむ》ってくれるようになったかもしれないが、それでも内心は面白くないと感じているのである。なにか理不尽な犯罪が起こるたびに、犯人は引き籠りだった、犯人は孤独な人間だった、犯人はオタクだった。犯人はネットの中だけで生きていた。そんなふうに報道するのが、その証だろう。犯人は会社員だった、犯人には友達が沢山いた、犯人には家族がいた、というのとは違う響きが、そこには感じられる。何故だろうか、と考えてほしい。

まるで、孤独であることに耐えられなくなって犯罪に及んだのだ、という理解を暗黙のうちに求めようとしている。そういう洗脳的な報道といえる。

孤独ではなかった犯罪者だって沢山いるし、またたとえ孤独だったとしても、それは好きでそうしていただけではないのか、と僕には見える。どちらの見方が素直だろう？

「社会に対する復讐」という言葉があって、自分の境遇を逆恨《さかうら》みして、社会に対して復讐をする、という動機のようだが、そんな変な理由をわざわざ作らなくても、単に「八つ当たり」しただけのことではないのか。「誰でも良かった」「無関係な人に」というが、「八つ当たり」とは、本来の対象ではないものへ怒りをぶつけることである。個別の恨みを無差別な対象へ向けるのは、本当の対象がわからないか、それとも、攻撃がしにくいから、それよりも手法的に簡単な対象を選んだにすぎない。そして、無関係であっても、騒ぎが大きくなれば、結果的には自分が恨んでいる本当の対象に自分の怒りが伝わる、という計算がある。これは明らかに、自分を認めてほしいという欲求から発するものであり、つまりは「甘え」である。こんな「甘え」による犯罪は、孤独を愛する派ではなく、孤独を怖れる派の犯行であり、つまりは大勢の人が属する常識的な価値観に基づいていることに気づいてほしい。

「孤独に耐えられなくなった」という言葉を持ち出すのは、「孤独は悪だ」という宣伝になる。その宣伝が、むしろこういった犯罪者を育てている構図が見えてくるだろう。

個人主義は平和の上にある

人間には、いろいろなタイプがある。違った価値観を持った人を認めないのは、別の言葉でいうと「差別」であり、今の時代では明らかに「悪」である。そういった悪が大きくなったものが戦争やテロになるといっても良い。テロを行う人間は、自分たちの存在を認めさせることが目的だ。だから、それを認めないものを攻撃するのである。

　もちろん、犯罪も暴力も戦争も、基本的にあってはならないもの（というよりも、嫌なもの）である。地球上の人類は、たしかに増えすぎた。しかし、増えてしまったものはしかたがない。なんとか、お互いを認め合い、少々の違いには目を瞑り、我慢をして共存するしかない。違うだろうか？

　もし、世界中の人々が、それぞれ自分の趣味に時間を使うようなのどかな生活をすることができたら、世界から戦争が消えるだろう、と僕は思う。そうなるためには、まず「貧困」をなくすことが前提になる。そして、たとえばの話、全員が鉄ちゃんになって、なによりも鉄道の写真を撮ることが人生だ、みたいになったら、国の争いなど二の次になるはずである。これは、なかなか面白い現象だと思える。何故なら、外交問題よりも、鉄道の撮影の方が大事だ、という価値観が、もしかしたら人類にとって「正しい方向性」かもしれないということを示唆しているからだ（蛇足として、念のために書いておくが、鉄ちゃんではなく、昆虫採集マニアでも良い。また、僕には、鉄道の写真を撮ったり、虫を採《と》ったりする趣味はなく、その行動はまったく理解できない。しかし、彼らを排除しない、という信念はある）。

マイナでも生きていける社会

別の例を挙げよう。絵を描くことが生き甲斐だ、という芸術家にとっては、とにかく、自分の周辺で騒ぎが起こらないことが大事な条件だといえる。外界はどうだって良いのだが、自分に危険が及ぶのだけは困る。安心して絵を描いていたい。それが最大の望みである。こういう人は、隣に住む人間がどんな人物で、どんな考えを持っていようと無関心だ。ただ、その人から迷惑を受けなければ良い。また、町中の人が、その絵描きを疎《うと》んじて村八分《むらはちぶ》のような目で見られても一向にかまわない。最低限、金を出したらものが買えればそれで良い。宅配便が届き、バスに乗れればそれで良い。みんなの視線がどんなものかなど、絵を描く生活には無関係なのだ。個人の空間、アトリエの中に、心地良い静寂が保たれていれば、充分なのである。

芸術というのは、もともとはそういうものだったはずである。しかし、芸術は、今では仕事になった。それは、いつ頃からなのか、歴史のことはわからないが、昔は、その芸術のユーザ（消費者）は一部の王族や貴族だっただろう。でも、今は、大衆が相手になったので、世間の全員から疎んじられていたのでは絵が売れない。それでは生活に困ることになり、ひいては、絵を描いて暮らす生活に支障が出る。そこだけは、孤独主義で通すわけにはいかない。これが社会との関係だ。

もっとも、人間の数はもの凄く多いのだから、みんなの中のほんの一握り、たとえば一万人に一人でも理解者がいれば、食べていけるかもしれない。現に、小説家は、一万人に一人の理解者がいれば、人気作家と呼ばれているのだ。

だから、自分の近所や町中のみんながその芸術家を認めなくても、世間のどこかに僅かな理解者がいれば生活は成り立つ。ローカルでは「孤独」であっても、生きていけることになる。

このようなことは、どんなに嫌な人間でも人権というものがあるという法律が、社会を支配するようになったからだ。あいつにはものを売らないとか、あいつはバスに乗せないとか、そういった差別をしてはいけない、というルールができたおかげだといえる。

つまり、なにかのはずみで周囲のみんなに嫌われてしまっても、暴力を受けたり、生きる手段を奪われることはない。少々常識離れした人間であっても、支障なく生きていける社会になった。

ハングリィ精神

さて、一方で、その絵を描く人間からすると、この孤独な環境というのは、静かに自分の世界に没頭できる素晴らしい条件であることが多い。つき合いで宴会に出席しなければならないといったことがない。興味もないのに祭りの手伝いをさせられたり、下らない世間話につき合って、時間を無駄に過ごすこともない。

さらに、もっと別の効果もある。周りのみんなから疎まれている状況は、もちろん楽しくはないし、少なからず不満や怒りを覚えるかもしれない。しかし、こういった不満というのは「ハングリィ精神」となって、芸術活動の原動力になることだってある。僕は、けっこう芸術家の友達が多くて、そういった話を耳にすることが何度もあった。彼らは、「馬鹿にしやがって、今に見ていろよ」という気持ちを持っているのだ。何を見せようとしているのか、僕には今ひとつ具体像が思い浮かばなかったけれど、たぶん、想像するに、自分の得意な分野で一流になって「世間を見返してやる」というようなイメージだろう。

このハングリィ精神というのは、どちらかというと、孤独を愛する少数派ではなく、実は孤独を怖れる多数派に属する人の感情だと思われる。本当の孤独派は、大勢に認められることを目指す気持ちがそもそも弱い。ただ、自分に納得のいくものが作りたい、という動機の方がずっと大きいはずだからだ。

恐孤独派か、愛孤独派か

ここまで、孤独を恐がる派、孤独を愛する派のように、まるで人間が二種類に分かれているかのように書いてきたが、これはこういった二種類のタイプが観察されるというだけのことであって、たまたまそのとき、その人の取った行動や言葉が、どちらかに含まれるという意味である。実は、同じ一人の人間の中に、このいずれもの傾向があるだろう。その割合も決まっているわけではない。メータの針のように動いている。どちらかに振り切ってしまう状況も珍しい。ただ、人によって平均するとどちらが多いか、ということでなら一時の分類が可能かもしれない。その場合は、孤独を恐がる派の方が圧倒的に多いだろう。おそらく、九十パーセント以上の人たちがこちらなのではないかと思う。けれども、ごく軽度の孤独ならば愛せるという人まで含めれば、半分かそれ以上の人が、孤独を愛する派の素養を持っている、とも想像する。

もし、人間がものを深く考えない動物だったら、おそらくは群れを成す猿のような社会になるだろう。協力をし合うことが絶対であり、グループどうしで領地争いをして、勝利を得た方が治め、負けた方は逃げるか、それに従うかだ。こういった社会においては、みんなで一緒に遊ぶ祭りのようなイベントはあっても、個人の創作や芸術による文化は生まれにくい。また、科学も技術も発展しにくいだろう。

文化が、個人の活動、すなわち創作を基本としているように、科学や技術の発展も、個人の発想によるところが大きい。大きいというよりも、ほぼそれに依存しているといっても良いことは、歴史を顧みれば明らかだ。

一人の発想からすべてが生まれる

物事を発想する行為は、個人の頭脳によるものであって、力を合わせることはできない。大勢が頭を使って、誰かが思いつく、それがみんなのためになる、というだけである。たとえば、重い荷物は一人では持てないけれど、二人で力を合わせれば持てるかもしれない。しかし、アイデアを発想するときには、思いつくのは一人だ。確率的に、大勢いれば誰かが思いつく確率が増えるというだけで、二人ならできるが一人ではできないというものではない。

それどころか、考えるときには、ただ一人になった方が良い。静かな場所で、自分の頭だけを使って集中する。そんな孤独の中から、最初の発想が生まれる。

巨大な建築物は、大勢の人間が力を合わせて作業をしなければ造ることができない。けれども、どんな建物にするのか、という設計をするのはただ一人の人間である。その建築家が発想し、ほぼ形を決め、進むべき方向をすべて定める。その次には、数人のスタッフが図面にする。さらにもう少しスタッフを増やして細部の辻褄合《つじつまあ》わせをする。あとは、出来上がった図面に従って、大勢が働くことになる。最初から大勢が関わっていては、ちぐはぐなものになるばかりか、どこかで矛盾や不具合が起こってしまう。まさに「船頭多くして船山に登る」になってしまうからだ。

考えてみてほしい、いかなる作品も、作者というのは通常は一人である。共作というものも例外としてあるけれど、それは役割分担が上手くできた結果であって、もちろんどちらかの発想からスタートしているし、どちらかに主導権がある。会社には社長は一人であり、国には首相が一人だ。「長」のつく役は、たいていは一人と決まっている。複数の人間で意見を出し合って決めるのが基本であるはずなのに、やはりトップは一人だ。つまり、一人でなければ決断できない場面がある、ということである。

そもそも、多数決ですべてが決められるならば、「長」は不要ではないか。単なる象徴として存在している「代表」ではない。明らかに権限を任されている役目が「長」なのである。このポストには、仲間がいないともいえる。孤独な立場かもしれない。あまり、そういったポストを経験したことがないので、想像である（僕は、「長」のつく立場を可能なかぎり避けて通ってきた。今考えると、孤独が好きだというわりに不思議な気もするが、大勢を取りまとめなくてはならない面倒から逃れた結果だと思う）。

孤独が生産するもの

孤独によって生産されるものは、思いのほか多い。そして、その個人活動のほとんどは頭脳によって行われるものだ。躰を使った作業は、一人でなくてもできる。

たとえば、プロの漫画家の友達から聞いた話では、最初にストーリィやコマ割りを決める（人によって、これを「ネーム」といったり「コンテ」といったりするようだ）。これが一番大変な仕事で、つまりは建築でいうデザインであり、設計図を描く過程と同じである。このとき、漫画家は一人で部屋に籠って、これを行う。そして、それが完成すると、（この時点で編集者との打合わせがあることが多いが）絵を実際に描く作業を始めることができる。その段階になると、アシスタントと呼ばれる複数の助っ人に作業を任せられる。みんなで楽しくおしゃべりをしながら作品を完成させるのである。そして、出来上がった作品には、漫画家一人の名前が記される。

残念ながら、小説家にはこのような大勢で楽しく作り上げるプロセスがない。最初から最後まで一人だ。漫画でいうところのネームを作って、そのあとをアシスタントに任せるというような作業も可能だと思われるけれど、それが事実上できないのは、文章を書きながらでないと、ストーリィも思いつかないし、そもそも文章の細かい表現や、登場人物の台詞などのディテールにも、作家の個性が出るためだと思う。漫画でも、もちろんそういった作者ならではのディテールはあるはずなので、なかには最初から最後まですべて自分一人で描き上げるプロ作家もいる（知合いの漫画家で、そういう人を知っている）。そうならないのは、比較的誰が描いても差が出ないバック（風景など）や、やはり考えずにできる作業（たとえば、ベタを塗るとかトーンを貼るとか）があるためだし、なによりも、大勢で仕上げた方が効率が良い、そうしなければ連載のペースに間に合わない、という事情もあるだろう。また、漫画家の場合、小説家と比較すると若くしてデビューする人が多く、ネームの段階で編集部のチェックが入ることが通常らしい。なにか注文がつく、ということがあるわけだ。小説ではそういった機会は、脱稿後、すべてを活字にしたあとのチェック段階（ゲラ校正という）にある。文字は比較的簡単に修正ができるので、このように原稿が完成したあとでも良い、ということだと思われる。

いずれにしても、一人で行う作業がいかに重要であるかということが、いろいろな例からわかるだろう。小説と漫画と建築の話をしたのは、たまたま僕がその方面で知合いが多いというだけだが、どんな仕事でも（それが創造的な作業ならば特に）、これとだいたい同じ、あるいはこういった部分がある、と想像する。

学校という集団

子供は学校へ行くと、集団行動を強いられる。社会で生きていくためには、周囲と歩調を合わせ、自分勝手な行動を抑制し、他者に迷惑にならないような気遣いをしなければならないので、集団生活はもちろん重要な教育だと思われる。

しかし、学問というのは、べつに集団で行う必要はない。そもそものを覚えたり、練習をしたり、といった作業は個人的な活動だ。体育と音楽などは、多人数がいて初めてできることがあるけれど、ほかの科目は、自分一人ですることが前提である。ただ、自分以外の人間がどんなことを考えているか、どのくらいの能力か、ということが集団では学べるというだけである（「だけである」と書いたが、実はこれは非常に重要な学びである）。

僕が小学生のときには、教室の机は二人で一つだった。つまり、長い机に二人が椅子を並べて座る。それが中学へ上がったとき、机が一人ずつだったので、ちょっとびっくりした。今は、小学校でも一人で一つの机を使っているところが増えたようだ。これが示すように、やはり勉強は基本的に一人でするものなのである。学校で大勢が集まっているのは、主として「効率」の問題といえる。先生と生徒が一対一では、先生が大勢必要になる。だから、この「学校」という仕組みができたわけだ。そもそも、学校のルーツというのは、西洋では軍隊であって、集団行動を教える場でもあった。それがそのまま学問の場に適用されただけともいえる。

もし先生が大勢いるのなら、家庭教師のように、先生が生徒の家を訪ねて、そこで教えることができる。これは、ネットやモニタを使えば、今でも実現できる。そうすれば「学校」という建物や土地が必要なくなるし、苛めも起こらないし、もっと生徒の学力に応じたきめの細かい教育が可能になるだろう。エネルギィ的にも大変な節約になるし、なによりも「安全」である。ただ、「集団」という体験を教えられないので、多くの人は、「そんな寂しいのは学校じゃない」と反発するにきまっている。

実は、僕はそうは全然思わない。これからは、教育に限らず、社会もそうなっていくかもしれない。会社だって、わざわざ出勤する必要などなくなるのではないか。そう考えると、「集団」というものを教える必要性は、今よりは確実に低下するだろう。ただ、そうなるのは、まだだいぶさき（たぶん、数十年さき）だと想像する。

学校って本当に楽しいか？

子供を持つ親のほとんどは、子供が集団の中で上手く馴染《なじ》むことを願っている。それは、子供が成長したときに、社会で生きていくために重要な素養だとわかっているからだ。子供が友達の話をすると、親は嬉しい。友達と仲良く遊ぶ自分の子供を見れば安心できる。逆に、集団の中で孤立していないか、と心配するし、学校が楽しくないと子供が言えば、これは親にとっては大きなショックだろう。

今の子供は、親を心配させないように、「学校は楽しい」「友達ができた」と報告をするかもしれない。親を喜ばせることが、「良い子」の役目だということを、この歳頃《としごろ》になれば既に充分に理解しているからだ。少々の脚色は簡単にできる。嘘もつける。嘘であっても、親を喜ばせたいのだ。

考えてみてほしい。学校はそんなに楽しいところだろうか？ 友達ができるというのは、どういう状況を示すのか？ 安易に言葉だけで、親子がやり取りをしている場面が多いように見受けられる。一年生の頃ならば、なにもかもが新しいわけだから、そここ面白いこともあるだろう。しかし、学年が進み、勉強ができる子、ついていけない子、と差が出てくる。テストをすれば点数が書かれて返ってくる。遊ぶのを我慢して、しなければならない宿題がある。なにかの失敗をして、みんなの前で恥をかいたり、叱られたりすることもある。運動が不得手な子は、体育の時間が憂鬱だろう。不得意な科目でも、その時間ずっと耐えなければならない。とにかく、その場から逃げ出すことができない不自由を強いられるのだ。

学校が楽しいところだ、と教えられたはずなのに、だんだん、それほど楽しいところでもないことが子供にもわかってくる。大人たちは嘘をついていたのだ、と思える子はまだ良い。多くの子供は、自分が悪い、自分になにか不具合があるから、学校が楽しめないのだ、と感じ始めるのではないか。

先生たちは、子供たちが楽しんで勉強できる工夫に頭を捻《ひね》っている。TVの番組を見ても、勉強を面白おかしく演出して、子供が興味を持つように誘導する。「楽しい算数」「面白い理科」といったネーミングで攻めてくる。しかし、どうしたって面白くないものは面白くないのである。

「いや、本当はね、勉強っていうのは辛いものなんだ。でも、辛いけれど、我慢をしてやらなければならない。そうすれば、きっとあとになって良いことがある」とはなかなか教えてもらえない。

つまり、ここにも「楽しくない」ことを極度に怖れる精神がある。孤独の場合とまったく同じだ。孤独に悩むのと同様に、多くの子供が登校拒否に追い込まれるだろう。「どうしても、僕には楽しめない」という実に正直な反応といわざるをえない。

何故、綺麗《きれい》な言葉を使って誤魔化そうとするのだろうか。大人は少し考え直した方が良い。もう少し素直になってもらいたい、と僕は思う。

明るい家庭という幻想

学校だけではない。家庭においても、今は子供を孤独にさせないように、親は必要以上に干渉している、と感じることが多い。そういう親は、「明るい家庭」みたいな言葉の幻想を持っている。なんでも打ち明けることができる親子関係がベストだと信じている。そういった価値観を子供に押しつけるのだ。

人間にはいろいろなタイプがある。たとえ親子であっても、違うタイプかもしれない。育った環境が違うし、時代も違う。ある子供は、親が強制する「明るさ」についていけないかもしれない。「暗い」ことはいけないことだと、叱られたりするからだ。

よく書いていることだが、僕は、暗い人間がけっこう好きだ。明るい人間の方が鬱陶《うっとう》しいと感じることが多い。暗くて何故いけないのか、僕にはよくわからない。僕は、子供を二人育てたが（精確には、育てたのは僕の奥様だが）、子供がなにかに喜んではしゃぐと「静かにしなさい」と叱った覚えがある。それが効いたのかどうかはわからないが、二人とも大人しい子になった。もちろん、僕の前ではそう振る舞っているだけだろう。しかし、それは彼らにとって、社会で生きていくために役に立ったはずだ、と僕は思っている。こういうことで、性格が変わるとは僕は考えていない。それぞれの人に対して、どう振る舞うべきかを知るだけなのだ。人間は、人前で明るくも暗くも振る舞える。その程度の能力は誰にもある。

人間の性格だけではない。部屋をそんなに明るくして何が嬉しいのか、と感じるほど日本の住宅は全般に明るすぎる。昼間は大きな南の窓から日が差し込み、夜は部屋の隅々まで明るくなるように天井に照明器具が装備されている。でも、雰囲気の良いレストランもホテルの部屋も、高級になるほどそんなに明るくはない。本を読んだりするとき、手許が明るければ充分なのだ。「明るい」ことは無条件に良いことで、明るければ心まで晴れやかになる、という洗脳を多くの日本人が受けているとしか思えない。

そもそも、子供部屋というものを造るのは、子供を一人にするためである。年齢が上がってくるほど、子供には一人の静けさを与える方が良い。中学生にもなれば、日曜日などは、ときどき子供に留守番をさせて、大人だけで遊びにいけば良い、と僕は思う。日本の家庭は、あまりにも家族で揃って出歩きすぎる。子供につき合わせることが良いことだと、信じ切っているのである。

子供に、親の趣味を押しつける家庭も多い。自分と同じ趣味の道を歩かせようというわけだ。不思議なことだ、と僕には見える。自分の子供にそれをするならば、そのまえに、自分の親の趣味に合わせてはどうだろうか。親孝行をした方が良いのではないか。それができないのに、自分の子供にはそれをさせようとしているのである。

もちろん、その子供がどんな子かによるだろう。でも、小学校の高学年にもなったら、ある程度の孤独を味わわせた方が本人の情操教育のために良いのではないか、と常々考えるのだが、いかがだろうか。

どんなに親しい人間の間にも礼儀が必要だ。どんなに愛する人であっても、お互いにこれは知られたくないという領域を持つことは非常に大切だと思う。家族や親子であれば、隠し事があってはならない、などと綺麗事を言う人がいるが、まあ、冗談半分に聞き流しておく方が賢明である。それは、「綺麗」だとも思えない。どちらかというと、相手に何を知らせるのか、情報をどこまで共有するのか、ということを考えて選択することが、本当の優しさであり、綺麗な心だと僕は感じている。

ブランコを漕ごう

ここまでの話で、孤独が悪い面ばかりではないこと、むしろ人間に必要なものだ、ということが少しわかっていただけたと思う。前章で書いた、楽しさと寂しさの波を思い出してもらいたいのだが、結局は、この波動がなければならない、ということだ。楽しくなったり寂しくなったりすることが、健全な状態なのである。どちらが良い悪いというわけでもない、片方がなければ、もう片方もなくなって、つまりは平坦な世界になる。それはまるで心臓が止まったみたいなもので、死の世界といっても良いだろう。そう、死ねば、楽しくも寂しくもない。なにも感じなくなるはずである。誰もがいずれはそうなるのだから、生きているうちくらい、いろいろ感じてみてはどうか。

ちょうど、ブランコを漕《こ》いでいるようなもので、前に出たときが楽しく、後ろは寂しい、という「揺動《ようどう》」である。ここで重要なことは、楽しさだけを大きくすることはできない、寂しさだけが大きくなることもない、という点だ。それが波形の基本である。ただ、人間は、自分の心の状態を主観的にしか捉えられないので、ブランコの中心がどこにあるのかを見誤って、自分は寂しい思いばかりしている、と勘違いすることがある。また、逆に、なんでも楽しいと思える人もいる。本当は、必ず同じように両方へ振れているのに、そんなふうに感じてしまうわけだ。

それから、より楽しいものを目指せば、ブランコを大きく揺すって、より高い位置まで上がるようにするしかないが、このときには、より大きな寂しさを感じることにもなる。僕が観察したかぎりでは、寂しさを怖れて、孤独にならないように無理に賑やかさばかりを求めている人というのは、ブランコを漕がないで、前に行こう前に行こうと藻《も》掻《が》いているような状態だ。こういう人のブランコは、ほぼ停まっているといって良い。だから、大きな寂しさはないかもしれないけれど、思い描いている楽しさにはいつまでも届かないだろう。

逆に言うと、孤独を愛し、寂しさを満喫することができる人には、望んでもいないのに、大きな楽しさが自然に訪れる。「僕は、こういう賑やかなのは、ちょっと苦手だな」と思っていても、周りに友達が集まってきたりする。そういった具体的な賑やかさが訪れなくても、たとえば、一人で山に登っていて、ふと見つけた高山植物に感動できたりする。素晴らしい景色に涙が出るくらい喜べる。その感動は、本当に大きな楽しさである。これが味わえるだけで、人生の価値がわかってくるだろう。それでも、また、すぐに自分一人の孤独な世界を求めてしまう。ブランコはますます大きく揺れることになる。

言葉ではっきりと書くと、孤独を怖れている人は、孤独がどれほど楽しいものか知らないのだ。これは、人生の半分を失っているというだけではなく、波の振幅が小さく、真の楽しさに至っていない状況だ、と僕には見える。

愛情の中にこそ孤独がある

こういった孤独の素晴らしさというのは、年齢を重ねると少しずつ理解できるものだけれど、歳を取っても相変わらず賑やかさに誘われ、無理に仲間を作ろうとする人もいる。そういう人は、たぶん酔わないと楽しさを見つけられないだろう。酔えば、その場はなんとなく親しい人間に囲まれている雰囲気がある。また、金を使えば、似たような雰囲気を捏造することもできる。もっと金があれば、人も群がってくるだろう。しかし、それらいずれもが、やはり孤独を感じさせる結果となる。その孤独を感じたとき、打《う》ち拉《ひし》がれないで、その孤独にこそ自分が求めているものがある、と気持ちを入れ替えるべきだ。

また、若者は、どうしても賑やかさに誘われる。孤独が素晴らしいものだなんて、年寄りくさいことを言うだけで仲間外れになるかもしれない。若者のグループというのは、ただ「若い」というだけで近しさを感じている場合もあって、子犬がじゃれ合うようなものだから、生理的に受け入れやすいという傾向によるものだ。また、若者は、理解者を探している。自分が承認されたい。人生のパートナも見つけたい。大勢でなくても一人でも良いから、自分の近くにいてほしい、と望むものである。

たしかに、それは一理ある。パートナを一人見つけたら、二人で孤独になっても良い、などと考えることも普通だ。世間を敵に回して孤立しても、二人で自分たちの世界が守られれば、それで充分だというような発想である。これは、「自分」の代わりに「二人」を意識した感覚だが、そう考えているのは、やはり自分一人である。相手は、今はなんとなくついてきてくれるけれど、同じ人間になったわけではない。気持ちなど本当のところはわからない。言葉を信じるしかないが、人は自分の気持ちだって見誤る。現に、それほど愛し合った二人は、けっこう高い確率で別れたりする。自分たちだけはそんなことは絶対にない、と言っていた人が別れるのである。

この「愛し合う二人」という状況であっても、やはり孤独はつきものだ。ちょっとした喧嘩をしただけで、きっとこれまでにないほど大きな孤独感に襲われるだろう。これも、つまりはブランコの理屈で、愛の楽しさで前へ漕ぎ出せば、後ろへ振れたときの孤独が大きくなる。このことから、「真の孤独を知りたければ、真の愛を求めれば良い」といった気の利いた箴言《しんげん》も自然に出てくる。

孤独を美に変換する方法

ところで、愛を歌った曲というものが沢山ある。大勢の人たちが音楽を聴いている。愛とは無関係のものをテーマにした曲というのは、むしろ少数派なのではないか。それで、その「愛の歌」というのは、楽しい愛を歌ったものか、それとも悲しい愛（破れた愛、失われた愛）を歌ったものか、どちらが多いだろう？　これは、数えるまでもなく、たぶん後者だと思う。おそらく、そういう曲の方が大勢に受け入れられる。多くの人の心を打つ、ということだ。

音楽だけではない。たとえば、映画にしてもドラマにしても、順風満帆な愛を描いた作品というものは極めて少ない。最後はハッピィエンドになるものでも、その大半は、悲しい場面、はらはらする場面だ。これも歌と同じで、そういったものが大衆に望まれている、と見ることができる。

それと同時に、作り手にとっても、楽しみよりも、悲しみの中から創作は生まれやすい、ということがいえるだろう。たとえば、貴方が作品を作る側の人間だったとして想像してみてほしい。恋人と楽しい毎日を送っているその最中には、作品なんか作る気にならない。しかし、ちょっと喧嘩をしたり、別れてしまったり、という孤独が訪れたときには、打ち拉がれるものの、その悲しい感情を作品にぶつけようという気持ちが湧《わ》き上《あ》がってくるものだ。

多くの創作者は、過去の孤独を思い出して、作品を創造することが多いはずだ。今は幸せであっても、過去に自分が味わった孤独、たとえば、愛する人との別れ、親しい人との死別、そういった喪失感を記憶の中から蘇《よみがえ》らせ、自分を孤独の中に浸しつつ創作に挑むのではないか。つまり、孤独をまったく知らない人間には、このような創作はできない。他者の作品で疑似体験した「孤独」では、どうも嘘っぽくなってしまう。なにかしらディテールが不足しているし、もちろんあまりにも杓子定規《しゃくしじょうぎ》で、どこにでもあるありきたりのパターンに陥《おちい》ってしまうだろう。

すなわち、創作を生み出すものも、やはり孤独なのである。そういう面では、孤独は生産的だともいえる。創作を仕事にするプロのクリエイタにとってみれば、孤独は金になる。金銭的にも価値のある状況といっても過言ではない。

芸術というのは、人間の最も醜いもの、最も虚しいもの、最も悲しいもの、そういったマイナスのものをプラスに変換する行為だといえる。これは、覚えておいて損はない。たとえば、もし耐えられないような孤独のどん底に自分があると思ったら、絵を描いてみたり、詩を書いてみたり、そういった創作をすることを是非すすめたい。絵を見る、詩を読むという受け身の行為では効果はあまりない。それではますます孤独感を強くする危険さえある。しかし、自分で創り出す行為に時間を費やせば、気持ちの一部は必ず昇華《しょうか》される。もし、そういった才能を少しでも持っているなら、なんでも良いから試してみることをおすすめする。絵でも詩でも音楽でも演劇でもどんなものでも良い。アートであればその機能があるはずである。

自分は、芸術なんかにはまったく無縁だ、という人は、この手法が使えない。しかし、今どきそんな人がいるだろうか。自分が気づいていないだけかもしれない、とつけ加えておこう。

言い方は悪いが、芸術家の一部は、自分の不幸を自慢しているようなものだ。傍《はた》からはそんなふうに見える場合が往々にしてある。でも、それで感動できる少数の人たちが必ず存在する。芸術というのは、万人に受け入れられるものではない。つまり、エンタテインメントではない。それに、なによりも、その作品を創り上げるそのプロセスにおいて、少なくとも作者は救われるのである。もちろん、自殺してしまった芸術家も多いから、完全には救われなかったともいえるかもしれないが……。

孤独を目指すダイエットを

本章で述べたことをまとめてみよう。人間にとって孤独というものは、非常に価値のある状態である。これは、数ある欲求に直結する本能的なもの、動物的なものではなく、人間にだけある高尚《こうしょう》な感覚といえる。孤独を知らなくても、もちろん生きていける。でも、それは動物的に生きているだけで、人間として生きていることにはならない、と極言することだって可能だろう。それくらい、人間らしい、人間だけの特権といえるものだ。

したがって、そんな大事な孤独を拒絶し、忌《い》み嫌《きら》うのは、人間性を放棄するような姿勢といえる。

本能の一番といえば、食べること、つまり食欲だが、この場合も、「満腹」と「空腹」の間を往復する波動がある。想像してみてほしい。美味《おい》しいと感じるのは、空腹のときだろう。空腹であることは、生存の危機ではあるけれど、少し我慢をしてダイエットをすることで、より健康になることもできる。それは人間だけが可能な行為だ。なにかをやり遂げたいという貪欲な向上心も、ハングリィ精神と呼ばれている。

現代人は、あまりにも他者とつながりたがっている。人とつながることに必死だ。これは、つながることを売り物にする商売にのせられている結果である。金を払ってつながるのは、金を払って食べ続けるのと同じ。空腹は異常であって、食べ続けなければならない、と思い込まされているようなものだ。だから、現代人は「絆《きずな》の肥満」になっているといっても良いだろう。

つながりすぎの肥満が、身動きのできない思考や行動の原因になっていることに気づくべきである。ときどきは、断食でもしてダイエットした方が健康にも良い。つまり、ときどき孤独になった方が健康的だし、思考や行動も軽やかになる。

楽しさに飢えた状態が「孤独」なのだから、そこから「楽しさ」を求める生産的で上向きな力が湧き上がってくるのも、自然の摂理なのである。

第4章
孤独から生まれる美意識

人間の仕事の変遷

前章では、孤独が人間にとってとても大切なものだということを述べ、主にそれは創作の動機になる、という点を指摘した。本章ではさらに踏み込んで、この創作の動機に何故、孤独が良い作用をもたらすのか、という点を考えてみたい。

それ以前に断っておきたいことがある。「創作」という行為の重要性に、一般の方の多くは気づいていないのではないか、と想像するからである。たとえば、普通のビジネスマンの仕事を考えてみても、「創作」と呼べるようなルーチンはそれほど多くない。「芸術なんて、自分には無関係のものだ」と多くの人が感じ、つまり、孤独なんて自分には役に立たない、と早合点してしまうかもしれない。それは違う、ということをまず書いておきたい。

世の中の大きな流れを見てみると、かつては人間の仕事の大半は、肉体労働だった。それが、機械類の進歩によって軽減されている。その後は、人間の仕事の多くは、事務的な作業に移った。しかし、これもデジタル技術の発展によって、しだいに減りつつある。そういった大きな流れの中で、人間に残されている仕事は、主に人間どうしの関係の調整に移行している。会議などで意見を調整したり、戦略的な方向性を見定めたり、といった企業のトップに任されている仕事に近づいている。しかし、それらの仕事には大勢は必要ない。少数のエリートによる頭脳を使った作業になるからだ。したがって、生産行為に関わるような仕事においては、とにかく働き口が減少する、というのが今の流れで、もうかなりそれが進んでいる段階といえる。

働き口がないという人（失業者といって良いだろうか）は、当然ながら増えている。しかし、失業者が増えても、生産はされているので、社会としては豊かになる。すべてを機械に任せて、人間は遊んでいても良い、という状況に近づいている、と極論しても、さほど間違っていない。だから、仕事のない人が増えても、それは当然の成り行きといえる。生産性が落ちなければ、働かない（働けない）人の面倒も見ることができる。これが社会保障というものだ。

しかし、人間は遊んでばかりでは、なかなか充実感を持って生きられない。社会のために自分が役に立っている、という実感が欲しい。そこで台頭するのが、人間が人間に対してサービスをするような職種である。この中には、情報を伝える仕事や、人を感動させる芸能やスポーツが含まれるだろう。この分野の仕事は、前述の肉体労働や事務労働が減少した分、どんどん割合を増している。

衣食住に関わる品の生産は、人々が生きるために不可欠な活動だが、情報や感動は、どうしてもなければならない、というものではない。昔はそもそもなかった分野だ。大衆が豊かになって、そういうものに金を使えるようになったし、そういうサービスがどんどん安くなって、誰でも利用できる社会になった、というわけである。

報道やスポーツは創作とはいえないだろうけれど、芸能はアートが基本にあって、これは、基本的に個人の「創作」が生み出す価値を売り物にしている。映画やアニメのように、大勢で協力しなければ生産できないものも多々あるけれど、しかし、スタート地点はやはり個人の発想、アイデア、そしてイメージである。

それ以外にも、レジャ産業がある。人が遊べる環境を商品にするのだが、ここでも、新しい価値を生み出すのは、創造的な発想である。というのは、たとえば、伊勢神宮の観光で儲けようとしても、伊勢神宮自体はどうこうすることは難しい。そうではなく、それに関連したイメージを創る、という仕事になる。実体ではなくイメージを売るのだ。このことは、普通の製品でも今や顕著で、技術的な面では、優劣がつきにくいほど業界は成熟しているので、やはり、いかにイメージを付加価値として創作するか、という点が重要になってきている。

結局、トータルとして俯瞰《ふかん》すれば、人間の肉体の活動が不要になり、頭脳の処理的作業も不要になり、今や人間の仕事の領域は、頭脳による「発想」へとシフトしている。「創作」的な活動が、人間の仕事に占める割合は、これからもどんどん増え続けるはずだ。

したがって、芸術なんて無縁だという人であっても、これからは、それでは食べていけなくなりますよ、とアドバイスができると思う。特にまだ何十年も働かなければならない年齢だったら、なおさらだろう。

わびさびの文化

さて、孤独が創作に不可欠なファクタだという理由は何だろうか。

経験的にはわかっていても、その理由を科学的に証明するのは難しいと感じる。脳科学なのか心理学なのかわからないが、そういう傾向が人間の頭にはある、ということしか今の僕にはわからない。

この傾向は昔から顕著だったはずである。芸術の多くは宗教と深いつながりがあったけれど、それは、芸術の感動を宗教が利用したという以上に、人々が神秘的なものの中に、より崇高な美を見ようとしたからにほかならない。この神秘的とは、極めて個人的な主観が基本にある。何故か心を打たれる、というものに触れたとき、それは神の力だと体感した。また、孤独から逃れるためにも神が必要だったわけで、つまり宗教への傾倒は、孤独感から発するものだとも考えられる。

ところで、日本には、わびさびの文化が古来あるわけだが、ここに見出《みいだ》されるのは、寂しさに美を見つけるその繊細かつ鋭敏な感覚である。西洋の文化では、ほとんどメインとならなかったのが、特に哀れみに美を見る目だろう。東洋であっても、中国や朝鮮半島には、この種のものは少ない。古いものこそ美しい。散りゆく落葉が美しい。朽《く》ちていくものに、単なる哀愁だけではなく、最上の「美」を見つける精神である。

西洋や中国などでは、古い時代の建築物は、建てられた当時の状態に復元される。しかし、日本ではそういったことはほとんど行われない。京都の金閣寺や日光の東照宮は例外かもしれないが、基本的に日本人は「古さ」を伴う風情《ふぜい》を好む。金箔《きんぱく》のぴかぴかの状態よりも、それらが剝《は》げ落《お》ち、くすんだ色調になった状態を、良いものだと感じる。これも、わびさびの文化の名残りだろう。そもそも、金閣寺と対を成す銀閣寺が、それを具象したものだ。銀箔でできているわけではない（ちなみに、銀閣寺は、やはり金閣寺あっての存在であり、前述のサインカーブを連想させる）。

こういった一見すれば明らかに「寂しい」対象に美を見る精神は、何故生まれたのだろうか？

それは実は逆であって、「寂しさ」を感じる精神こそが美しいという意識がさきにある。つまり、寂しさを求める気持ちが、既に美しいものだ、という思想なのである。もう少しわかりやすく解釈すれば、古いものに目を向ける、朽ちゆくものに目を留める、そういった指向こそが、美を見つける心だ、という意味だ。豪華《ごうか》絢爛《けんらん》の煌《きら》びやかなものだけが美ではない、という反発もある。むしろ、それを超えるさらなる美を、見つけようという精神が到達した一つの極みといえる。

美を見つける意識

古いものといっても、それは自然ではない。自然にはそもそも新しいも古いもない。常に変化をし常に新しくなっている。百年まえの自然はどこにもない。「古い」というのは、人間が作ったものに対する形容なのだ。同時にそれは、今はこの世にいない過去の人間が作ったものであり、人が消えても残るものの価値、あるいは、人生の短さというものへ目を向けさせる。

人はいずれは死ぬ。それは究極の「寂しさ」だろう。孤独とは、つまりは死への連想でもある。死ねばもう誰とも話ができない。誰にも会えない。この世から自分だけが隔離され、なにも見えなくなり、誰にも認められない状態になることだ。しかも、何人《なんぴと》もそれを免れることはできない。拒絶しても、必ず訪れる。

そういったものから目を逸《そ》らすのではなく、逆に目を向け、そこに美を見出す精神というのは、この人類最大の難題を克服する唯一の手法だろう。芸術とは、最大の不幸を価値あるものへと変換するものだ、という逆転は、ここにその極致を見ることができる。

考えてもみてほしい。友達大勢と騒いでいるとき、酒を飲んで踊ったり歌ったりしているとき、貴方はどんな「美」に出会えるだろう？　それは、せいぜい、ちょっと気になる美人を見つけた、という程度のものでしかない。そもそも、それも確率は少ない。むしろ、パーティの喧噪《けんそう》から少し離れ、ふとバーカウンタの端、暗いところに寂しく座っている女性の方が美しく見えることだろう。多分にこれは、ヤラセ的な悪い例だったかもしれない。小説家が捏造する美など、その程度のものだ。

それよりも、夕暮れの田舎道を一人歩いているとか、苦労をして辿《たど》り着《つ》いた山の頂上とか、あるいは、しんと澄み渡る星空へ望遠鏡を向けるときとか、そんな寂しさや静けさの中に、得難い美しさを見つける機会の方がはるかに多いはずである。それがわからないという人は、たぶん、本当の美しさを知らない、美しさを見つける目がないのだ、と僕は思う。パーティで異性ばかりを追いかけている人間には、一生わからないものかもしれない。もちろん、そんな人生も良い。人は例外なく老人になって人生の虚しさに直面するのだから、いずれはこの究極の美を見ることができる。早いか遅いかの違いである。

変な話だが、たとえば、風景を見て美しいと感じるのは年寄りの方が圧倒的に多い。若者は、風景なんかに興味がない、という人が多いはずだ。特に子供だったら、紅葉を見にいってもまったくつまらない。大人が「うわぁ、綺麗だねえ。ほら、綺麗でしょう?」と言うから、しかたなく同調して「良い子」を演じているにすぎない。

年寄りが、風景に美を見るのは、おそらくは自分の死を身近に感じているからだろう。「この景色をあと何度見ることができるか」というセンチメンタルな感情が加味されるからこそ、美しく見える。なんでもないところに美を見つける目は、人の儚《はかな》さから生まれるのである。

成熟と洗練から生まれる美

このような自然な美、シンプルな美、質素な美というものは、「成熟」が成せる逸品だと思われる。時代が若いときには、美しさとは飾るものだったはずだ。豪華絢爛、宝石や金銀をちりばめ、過剰なまでに装飾を競った時代があった。これは、西洋でも東洋でも、もちろん日本でも同じである。また、建築でもファッションでも工芸品でも同様の傾向が見られる。こういった豪華な美しさというのは、誰の目にもわかりやすい。とにかく、飾りが多いほど、細かいほど、手間がかかっているほど、つまりは金がかかっているほど上等だ、という道理だから、比較も簡単だ。そして、どんどんエスカレートして、最後は装飾過多、てんこもりのような醜さに至る。

ここへ来て、人々は考えるだろう。「美」とは何なのか、と。とにかく手間をかけ、金をかけ、飾り立てることだろうか。そんなものではたして美が体現できるのだろうか、と。

この反動から、シンプルなもの、むしろ飾らないものが美しいという逆転の発想が生まれる。たとえば、建築であれば、コンクリート剝《む》き出《だ》しの「打《う》ち放《はな》し」が愛されるようにもなる。「構造美」という言葉も生まれ、力学的に均整が取れた形、その骨組み自体を隠さずに見せるようになる。あるときには、スケルトンといって、内部の構造が見えるようなデザインまで現れる。飾らないことから始まり、隠さないことにまで至る。表面を覆っていたものさえ剝がされていく。それはまるで、長い時間経過によって金箔や塗装が剝がれ、風化し朽ちて、その内にある下地の本体を晒《さら》すようなものであり、古いものに美を見る心にも通じる。派手な塗装が美しいのではない。それはむしろ本来の美しさを隠す目眩《めくら》ましではなかったか、という反省なのだ。

現代人の多くは、この心を知っている。日本人でなくても西洋人も既に、その質素な美に親しんでいる。かつて緻密に描かれていた絵画は、印象派のぼんやりとしたものになり、さらにもっとシンプルな現代絵画へ移行する。女性のファッションだって、現代では十二単《ひとえ》やクラシカルなドレスの類は流行らない。宝石を沢山飾っていると悪趣味だと言われる時代になった。

現代の美は、デコレーションが美だと認識していた昔の人間の目には、明らかに「寂しい」ものに映るだろう。どうしてそんな寂しいものを愛するのか、と理解に苦しむにちがいない。このように、「孤独」や「寂しさ」の価値がわからないという人は、そんな古い感覚に縛られている、ともいえるだろう。

「賑やかさ」から「寂しさ」へのベクトルは、「洗練」でもある。そこを推し進めるのは、「成熟」であり、今風の表現で言えば、「大人の美」なのだ。

肉体から精神へ

もちろん、デコレーション豊かな美、賑やかな楽しさを否定しているわけではない。むしろ、それを乗り越えたあとの「静けさ」に価値があるわけで、これは、大人が、子供や青年を経験したのちになれるのと同じだ。

子供のうちから、「孤独」を愛するというのは不自然だし、オーバに言えば異常かもしれない。子供ははしゃぐものである。賑やかに楽しむものだと思う。ただ、それがだんだん落ち着いてくる。大人に成長することを「大人しくなる」という。

静けさから美が生まれるのは、肉体から精神へと力点がシフトした結果と捉えることができるだろう。手間暇《てまひま》をかけて飾り立てた美は、いわば人間の「労働」が作り上げた造形である。金をかけるのも同じだ。金とはつまり人を動かす力であって、王様が沢山の家来を使って作らせた装飾品をイメージすれば良い。また高度な技術というものも、つまりは簡単にはできないもの、多くは作れないという貴重さを目指した結果であるから、これらを測る尺度は、人間の労働、すなわち肉体が生み出す価値だった。一方、洗練の美は、手を動かすことで作られる飾りではない。それは、緻密に描かれた油絵と水墨画を対比させるとわかりやすいだろう。生み出すことに必要な労働時間の多さではなく、そこに込められた精神の深さに価値を見出そうとした結果なのである。じっと静かに佇《たたず》み、精神を集中させて考える、その孤独で静寂な時間、肉体は活動していない。ただ、心の中から浮かび上がってくるものを待ち続ける。そのいわば修行のような時間から、さっと脳裏を掠《かす》めるものを受け止め、筆を一気に走らせる。その勢いと、その素朴さが、見る者を驚かせた。こんな美があったのか、と。

肉体的な活動は、若い者ほど得意である。しかし、精神の深さというものは、やはり生きてきた時間が素養となる。人はここに、人間自体の「洗練」を見つけようとしたともいえるだろう。若さを失い、体力は衰え、確実に死へと近づいていくその過程にあっても、人としての尊厳、人としての美しさというものがあるはずだ、という哲学がその根底に流れていることはまちがいない。

集いつながることの虚

ここで述べたいことは、もうない。要約すると、孤独という状況から生まれるものがある、という客観的な観察もそのとおりであるが、その実は、美を見つける過程で人間の精神が孤独を欲する、という逆の道理、それを書いてきた。

美を見たい、という欲求が人間にはある。これは、動物的な欲求を超えた、真に人間らしい、人間だけの欲求であり、別の言葉にすれば、より高みへと自分を導きたいという願いであろう。それは、基本的な生への欲求がそこそこ満たされたのちに発現するものであり、平和で豊かな社会において初めて活気づく。文明が進歩し、運良く平和に多くの人々が生きられる社会が築かれたとき、人類のさらなる欲求は、そちらへ向かわざるをえない。そうでないと、ただの怠惰と廃退が待っているだけである。おそらく、これまでの局所的な繁栄の中で、その予兆を確実に感じ取った結果、見出された活路なのだろう。

さてここで、現代の社会、それを象徴する都市生活を観察してみよう。田舎から出てきた人々が集まり、大都市が形成された。故郷を離れること自体が、生まれや育ちを断ち切り、「今」を見る集団を作る。東京では、大勢が電車の入口の前で並び、同じ閉鎖空間に自ら入っていく。周りに知合いがいるわけではない。ほぼ他人に囲まれている。触れ合うほどの距離にあっても、その存在を意識しないかのように振る舞う。音楽を聴いたり読書をしたり、個人の時間を楽しんでいる。

高層マンションに住み、高いところから都会を眺める。人の顔が見えないほどの高さが良い。隣の住人と一緒に眺めているわけではない。その窓は、自分だけのものなのだ。都会人は、基本的に「孤独」の住人である。だから、それを補う幻想を欲しがる。携帯端末で、姿が見えない者との「つながり」を確かめる。自分が認められていることの僅かな証拠がそこに発見できる。ばらばらではない、同じものをみんなが見ているのだ、という意識が欲しい。それは、とりもなおさず、現実が孤独でばらばらだからなのだ。

もし、本当に親しい友達、本当に自分を認めてくれる人がいるなら、そんなに頻繁に確かめる必要があるだろうか？　ずっとつながっていなければならないと不安になるだろうか？　「絆」などという不自由なものが必要だろうか。相手が自分を必要としていることに自信がない、その不安、孤独を怖れる不安定さが、都会人の挙動《きょどう》に現れていることは、誰が見ても明らかだろう。

遠く離れた人といつでも話ができるようになったのに、何故みんな同じところへ詰めかけるのか、何故人ごみの中へ出かけていくのだろうか。どうして家族はいつも一緒にいようとするのか。どうして住宅街のような場所に大勢が集まって住むのか。個性が大事だと言いながら、大勢が流行のファッションを気にしているのは何故なのか。

非常に不思議な光景に僕には見える。しかし、人間というのは、こういうものかもしれない。鳥も群れを成す、蟻《あり》も行列を作る。家畜として育てられている鶏や羊を観察すると、都会の人間たちと似ている、とわかるだろう。みんな、与えられた餌を食べて、卵を産んでいる。ときどき群れから離れると、犬に吠えられて慌てて戻る。守られているし、支配されている。我々は、生かされているのだ。

それが悪いということを書いているのではない。しかし、ちょっと虚しいな、と感じる人はいるだろう。それを感じるだけで、人間としての「高尚さ」を持っている証拠だといえる。

孤独の価値、苦悩の価値

そして、その「高尚な虚しさ」を感じるキーワードこそが「孤独」なのである。それを感じなければ、人間として鈍感であり、結局は「美しさ」を見ることができない人だということになる。鶏も羊も、美しさを知らないだろう。知らないから、安穏《あんのん》と生きていられる。繰り返すが悪いことではない。知らなければ、知らないで過ごしていける。それが不幸だとどうしていえるだろうか。

ただ、もし美しさを知ってしまった場合には、その個人的な、人間的な悩みを、なんとかしなければならない。

ここまでに書いてきたことは、その「悩み」のように感じたものが、人間として大切だという逆説だが、実は原因と理由はその反対で、その「悩み」こそが人間の価値なのだという論述である。

その孤独の悩みをどう処理すれば良いか。ただ「それが人間の価値だ」と言われても、寂しいものは寂しい、苦しいものは苦しい、なんとかしてもらいたい、と感じる人も多いだろう。それに対する一つの解答は、人間らしい活動によって、その悩みや苦しみを消費しろ、ということだった。創作をすることで昇華できるという理屈は、そういう意味である。

けれども、孤独を解決するもう少し具体的な手法はないものだろうか、という点を章を改めて考えていこう。同時にそれは、どうすれば孤独が素敵になるのか、という手法でもある。

第5章
孤独を受け入れる方法

詩を作ってみよう

孤独を受け入れるというのは、孤独の寂しさを避けることでもあるし、また、意識的に孤独な環境に親しむことでもある。孤独から遠ざかるのか、それとも孤独に近づくことなのか、わかりにくいかもしれない。まるで禅問答《ぜんもんどう》のように聞こえてしまう人もいるだろう。それは、「孤独」という言葉を二通りの意味で使っているから生じる矛盾ともいえる。本当に孤立してしまうような恐ろしい状態の孤独と、静かで落ち着いた雰囲気で創作にも適する孤独である。実は現実の状態としては、それほど大きくは違わない。大きく差が出るのは、主観的な認識の違いといえる。孤独の二面性をよく理解しておくことが大事である。

主観的な判別というのは、簡単に言ってしまえば「気の持ちよう」だ。だから、孤独感の中、寂しくて辛いときに、「ああ、これがあの貴重な孤独というものか」と思うだけのこと、ともいえる。それだけでも、人間は笑うことができるだろう。でも、一瞬のことかもしれない。寂しさがそれでさっぱりと消えるわけではない。

だから、その次には、まえにも書いたように、創作に身を置いてみる。一番簡単なのは、たぶん詩作ではないかと思う。笑ってはいけない。誰に見せるわけでもないのだから、その寂しい気持ちを詩にしてみると良い。短歌でも俳句でも現代詩でも、なんでも良い。音楽が好きな人なら、作詞でも良い。

すると、もう少し孤独感は和らぐ。少なくとも言葉を探し、良い詩を作ろうと頭を捻っているうちは、もしかしたら少し楽しさが味わえるのではないか。また、そうしてできた詩を、後日読んでみるのも良いだろう。恥ずかしくて笑ってしまうときもあれば、また気持ちを思い出して涙が流れるときもある。

こういった行為によって、多少なりとも辛い思いは分散できる。誰か他者に担ってもらったわけではなく、将来の自分に分担してもらうのだ。今の自分一人ではあまりにも荷が重すぎる。だから、ローンみたいに将来にわたってその気持ちを先送りする。そういう機能が創作にはある。

ただし、逆効果となることも稀《まれ》にある。その創作に素晴らしい才能を持っている人は、自分の気持ちを精確に抽出し、しかも増幅することができる。天才と呼ばれる創作者は、これが顕著で、その増幅された孤独が、先送りされてもなお巨大になって、死を選ばざるをえない、という結果になることもあるようだ。そんな天才は、この文章を読んでいないだろうし、また、自身で既にそれを充分に承知しているだろうから、影響はないはずだ。天才でない一般の人は、さほど気をつける必要はないと思う。僕も、天才ではないので、まったく問題がなかった。自分で試してみたことなので、ここに書いているわけである。

逃げ道を探す

どうしてもそういった創作ができない人は、どうすれば良いだろう？

創作は苦手、という人は多い。むしろ、そういうタイプの人の方が、孤独に陥ったときに危険だともいえる。創作的な経験を少しでも持っている人は、孤独を別のものに変換することが可能だが、創作に縁のない人というのは、そもそもすべてを受け止める受け身の人生である場合が多い。自分から発信をすることが滅多にない。このタイプの人は、周囲の雰囲気を重視しているし、もともと仲間の中に自分を置くことが多い。組織、集団、仲間というものに頼っているともいえる。だからこそ、なにかのきっかけでその立場が失われたり、立場が危うくなりそうなときに、ダメージが大きいばかりでなく、逃げ場所がない。精神的に危険な状態に陥る可能性が高い。

さきほど書いた作詞だが、僕はこれは誰にでもできるものだと考えている。それができないという人は、できないと思い込んでいるだけで、自分の可能性を決めつけているのだ。けれど、このタイプの人たちは非常に多く、受信さえきちんとしていれば生きていける、という人生を長く経験している。発信をすることなど、ほとんど頭にない。

このような受信オンリィの人は、孤独に陥ったとき、自分を救ってくれる他者が訪れることをイメージする。誰かが助けてくれないか、と無意識に希望している。誰も助けにきてくれないときには、人生相談などのカウンセリングを受ける。これも、救ってくれる他者が、つまりは自分を認めてくれる、親しくなってくれる、それだけでも孤独が緩和される、という期待感が先行していて、対策を打とうという気持ちが二の次になっている場合が多い。具合が悪くなって医者へ行ったのに、医者が飲めと言う薬よりも、医者と話をすることに興味を向け、医者が個人的に自分を救ってくれると考えてしまう。

それとよく似ている。老人が沢山病院に押し寄せているのも、何割かはこれだと思う。医者でなくても、金を持っている人ならば、それを使うことで対人のサービスを受けられる。相手をしてくれる人をバイトで雇うようなものだ。酒を飲む店には、そういう役をしてくれる人がいる。それ以外にも、けっこう多い。金が続くならば、これで孤独を解消できる、ということもまんざら嘘ではない。そんな人生も、僕はまったく否定しない。金で買った友情なんて、と馬鹿にすることは間違っている。食べるものも、レジャも、知識も、金で買っているではないか。

孤独は贅沢？

金の話をしたついでに書いておこう。商売が上手くいったり出世をしたりして、収入が多くなると、その分仲間は去っていく、という現象もある。平社員のときにはみんな仲間だが、出世をすれば部下とは仲間ではいられない。企業のトップに立つ人は、けっこうな孤独感を味わう場合がある。そういう話を数々聞いている。それはしかたがない、みんなに指示をしなければならない立場なのだ。誰もが面倒なことはしたくない。それをやらせる役になるのである。つまり、仕事の上で役職が上がるほど、報酬が増えるほど、仕事場での楽しさは減少して、寂しさ、孤独感が増える。だからこそ、それを補うために給料が高くなるのである。

金を儲ければ、多くの人に妬《ねた》まれる。商売を始めた頃に応援してくれた人たちも、だんだん疎遠になるだろう。そういった面での孤独もある。

反対に、仕事さえできない、という貧しい孤独もある。しかし、この場合は、孤独どうこうなんて言ってはいられない。孤独解消よりも、食べることが大事だ、寝ることが大事だ、生きることが大事だ、という道理が優先される。貧しさと孤独を混同している人は多いが、実はまるで違う。孤独という悩みは、生存の確保の上にある、もっと贅沢な感覚といえるものだ。

研究してみよう

さて、話を戻そう。芸術以外に、孤独を変換するような創作的行為があるだろうか。

まず一つは、「研究」がこれに当てはまる。研究は創作ではないが、オリジナリティが必要であり、やはりなにかしらの発想が原動力になる。今すぐに生活に役立つというものでもないため、社会に必要なものだと認められにくい。それに、研究活動というのは、孤独を感じる行為だ。何故なら、世界の誰もまだ到達していない領域へ踏み入っていくのだから、少なくとも同じ経験をする仲間がいない。グループで研究を行う場合にも、それぞれに分担をしているだけで、個人の活動はやはり孤独の中にある。

研究の本質は、自分を認めてほしいといった欲求とも少し違っている。もし、それがあるとしても、将来認められれば良い、という程度のものでしかない。それよりも、確かめたい自分、知りたい自分によって推進している。孤独が原動力といっても良いくらいだ。

だから、孤独を受け入れるなら、なにか研究をすれば良い。研究が、孤独を消費してくれるだろう。

なにも最先端科学、数学といったものに挑戦しろと言っているのではない。自分の身近なことで良い。誰も調べたことがないものに着目し、そこに自分の道理を見つけるのである。大事なことは、他者のやっているものを真似しないこと。本を読むのは良いけれど、学ぶことは研究ではない。学んでいるうち、つまり情報を吸収しているうちは、まだ発想していない。それは、研究をするための資料集めであって、あくまでも準備段階、スタートする以前の行為だ。その段階では、孤独を感じることもない。むしろ、大勢の人間の足跡を辿るわけだから、他者の支援を体感し、感謝をすることになる。これは孤独でもないし、孤独の消費にもならない。

芸術よりも、この研究活動の方が余計難しい。そんな才能は自分にはない、と諦める人もいるかもしれない。では、次はもう少し簡単なものを紹介しよう。

無駄なことをしよう

無駄なことをするのは、孤独の対処として効果がある。役に立たないことをわざわざするのである。たとえば、ジョギングなどがこれにかなり近い。健康に良い、などと考えたら効果は激減だ。ただ、疲れて、筋肉痛になる、そういうマイナス面だけを受け止めよう。つまりこれは、一種の「修行」のようなものだ。庭を毎日鍬《くわ》で耕すのも良いだろう。そこで野菜を栽培したりしては元も子もない。ただ耕すだけにしなければならない。でも、多少の妥協は必要なので、なにか種くらい蒔《ま》いても良い。できれば、食べられないものが良い。花も咲かないものが良い。その地味な成長を見守るだけである。無駄ならば無駄なほど効果がある。

どうして自分はこんな馬鹿げたことをしているのだろう、という疑問が大事なのだ。それを体感することが本質だと思う。何故なら、人生なんて、そもそも同じくらい無駄で馬鹿馬鹿しいものなのだ。もちろん、孤独も無駄なものである。けれども、実も食べられず、花も美しくない草でも、生長したり、枯れたりという変化をして、それを貴方は見守ることになる。雑草を毎日眺めて、なにかを考える。雑草なんて、なんの役にも立たないけれど、それでも、エネルギィを消費して生きているのである。

ふと、そこに孤独の本質、そして、そのなんともいえない美しさが見えてくるのではないか。馬鹿馬鹿しいものが面白く感じる。つまらないものが、愛《いと》おしく見えてくる。そういう変換をしているのは、その雑草ではなく、貴方の頭脳なのである。

人間だけが到達する境地

創作、研究、無駄な行為、というものが、孤独を受け入れる、あるいは孤独を愛するための手法だと紹介したが、これらに共通するものは何だろうか。

もうお気づきだと思うけれど、創作も研究も、今すぐ食べることには無縁である。つまり、生きること、生活からはほど遠い。いうなれば、「生物として無駄な行為」なのだ。本当は無駄ではない。創作は、豊かな社会では人々を満足させる機能がある。研究も、将来的には人類の生活を支えるかもしれない。しかし、今すぐにそれがなくても良い、という性質のものである。現に、多くの人が、「芸術なんか何の役に立つんだ？」「研究は金にならない」と眉を顰《ひそ》める。特に、ばりばりと仕事をしている世代、毎日我慢して働いて家族の生活を支えている人にとっては、「そんなものに費やす時間はないよ」と否定する無駄以外のなにものでもない。

しかし、無駄なものに価値を見出すことが、その本質であり、そこにこそ人間だけが到達できる精神がある。孤独が教えてくれるものとは、この価値なのだ。それは、まぎれもなく、貧しさとは正反対のものであり、豊かさの中でしか見つけられない。

孤独とは自由の獲得である

ところで、独居老人などが人知れず亡くなっていることを、「孤独死」と言ったりするが、これもやはり、家族愛や友情を宣伝するマスコミの命名であって、なにが孤独なのか、まったく理解ができない。

孤独は、死とは無関係である。その亡くなった人は、死ぬ間際まで自分の好きなことをしていたかもしれない。それを、「孤独だったのね」と勝手に決めつけるのは、余計なお世話というものだ。死ぬときには家族に囲まれていたい、なんて思う人がいるかもしれないけれど、死ぬときは、きっとそんなことはわからないだろう。今の病院での死は、意識がなくなっても何時間も何日も生きている場合がほとんどだからだ。

雄猫は、死ぬ間際にどこかへ行ってしまう。己の屍《しかばね》を晒《さら》さないという。こちらの方がよほど立派な死に方ではないだろうか。僕もできることなら、死ぬときは一人が良い。だから、「孤独死」という表現を、そういう孤高な響きで使うのなら納得できる。みんなが憧れても良い死に方といえるだろう。これこそ、「尊厳死」なのでは、と思うくらいだ。

核家族が当たり前になった現代の日本では、子供と親がずっと同居をするのも珍しくなりつつある。親も、子供の世話にはなりたくない、と考える人が増えた。これは、こうありたいと大勢が望んでいた形である。そこには、個人の自由を尊重するという志がある。

だから、孤独死というのは、誰もがいつかは迎えるシーンだ。それを怖れる理由などまったくない。そもそも死んだら、孤独もなにもないのである。結婚した人は、しばらくは近くに伴侶《はんりょ》がいるかもしれないが、いずれは片方だけになる。あるいは、生きていても意識がない、認知ができない、といったことにもなる。心配しても、しなくても、みんな最後は孤独になれるのだ。

孤独を受け入れることは、つまりは、自由になることでもある。周囲に仲間がいるうちは、ある程度歩調を合わせなければならない。愛情も友情も、楽しいときもあるかもしれないが、確実に貴方を縛るものだ。つまりは、「絆」である。絆というのは、家畜が逃げないように脚を縛っておく縄のことだ。人間に飼われている家畜は、孤独ではないが、自由にどこへでも行けるわけではない。逆に、絆が切れれば、孤独と自由が手に入る。

絆に縛られた現代人

孤独を怖れる人、孤独を嫌う人は、例外なく絆に縛られている人だろう。「世の中、そんな甘っちょろいものじゃない。頭を下げ、我慢をして、働かなければ食っていけない。そんなとき、仲間あっての自分、家族あっての自分だ。一人だけで生きているのではない」と主張するだろう。間違ってはいない。しかしそれは、絆につながれた家畜の物言いに、僕には聞こえる。

当然ながら、そういう現実を部分的には認めなければならない。完全に絆を断ち切ることは非常に難しい。けれども、少なくとも心は自由でありたい。自分は自分のために存在しているのである。友達や家族の支えはあるし、感謝はしなければならないが、それでも、それが生きる希望である必要は全然ない。あくまでも、自分の自由のために生きるのが、僕は本当の筋だと思うし、そう考えなければ、きっと「恨み言」ばかりの楽しくない人生になるだろう、とも想像する。

実際に、孤独と自由が近いものであることは、多くの人が知らず知らず感じているだろう。最近、結婚をしない人が増えているが、その理由は「自由でいたいから」だ。「孤独でいたいから」だとは言わないものの、意味するところはほぼ同じである。ちょっと言い換えるだけで、これだけ印象が変わるのである。「孤独」という言葉に悪い印象を持っていることが、いかに思い込みであるかがわかるだろう。

子供を作らない夫婦も増えている。ファミリィを美化した宣伝がそろそろ効かなくなりつつある。美化された虚構に憧れて結婚した人が、簡単に離婚をする時代になったし、そういった一般人の情報が広まるようなネット社会にもなった。経済界としては、みんなに家族を持ってもらいたい、子供が増えてもらいたい、その方が商品が売れる。景気が良くなるからである。だから、家族や子育ての煩《わずら》わしさを伝えず、ただ、楽しいシーンを繰り返し見せて、これがあるべき人生の見本だと訴え続けた。「孤独」がいけないことになったのも、これが主原因だという話は、前述したとおりである。

無意識に孤独を求めている

多くの人たちが、それが虚構であることにもう気づき始めているのだ。この頃、何故結婚しない人が増えているのか、何故子供を産まない女性が多いのか、そういった社会問題について考察した記事をよく見かける。社会福祉政策が不充分だからだ、というような理由が挙げられているのだが、昔に比べて、その種の制度はずっと良い条件になっているはずだ。昔はなにもサポートするものがなかったのに、そんなことは問題にならなかったではないか。

大家族ではないので、子供の面倒を見る身内が近くにいない、子供を預ける施設が不足している、産休や育児休暇などの制度が不充分だ、といった理由を見つけようとしているが、そんなことはむしろ小さな影響だろう。ようは、あまりにも美化した虚構、つまり結婚をして子供を作ってという人生が「人の幸せ」だ、という決めつけが崩れかけているだけなのである。もっと自由に生きられるのではないか、孤独であっても自分の人生なのだから好きなようにしたい、と気づいた人が増えている、というだけのことだろう。非常に自然な流れだと思われる。

田舎から都会に出てきて、核家族になり、あるいは独り身で暮らす、というライフスタイルが許されるようになった。許されるようになったのは、それを望む人が多かったからだ。都会だからそうなった、時代だからそうなった、というわけではなく、人々が望んだ方へ向かっているだけだ。核家族だから子育てに不便だ、というのではなく、子育てを犠牲にしてでも、核家族の自由さが望まれた、というだけのことである。

やはりそれらは、豊かさの中で、人が次に目を向けているものが「自由」であることを示している。そして、その「自由」の大部分は、かつては「孤独」と呼ばれていたライフスタイルに近いものなのだ。

したがって、「孤独」を受け入れることは、以前よりもはるかに簡単になった。もう物理的な障害はほとんどない。特に都会では皆無《かいむ》といえる。田舎では、まだまだ多少人づき合いを強制されることがあるし、従わなければならない古い風習が残っている。でも、これらが消えていくのも時間の問題だろう。そういう不自由さをなくさないと、田舎から人間はどんどん流出してしまうからだ。もしその過疎化の問題を解決したいなら、田舎も都会の価値観を受け入れるしかない。すなわち、都会の自由さである。

こういう話をすると、そんなのは嫌だ、田舎は変わってほしくない、といった反論があるだろう。僕は、「願望」の話をしているのではない。観察した状況を話しているだけだ。僕も、個人的には田舎は田舎のままの方が良いと感じる。これは感情である。でも、今は、そんな個人の好き嫌いの話をしているのではない。良い悪いの話でもない。ただ、みんなが望む方向へ、社会は変化をしているようだ、という観察結果を書いているだけだ。

田舎には人のつながりがあり、都会は孤独の集合体のようなものだ。また、都会の中でも、下町には人の温《ぬく》もりがあり、新しい街には冷たさがある。そういう話は、マスコミが大好きな表現だ。それは、そのとおりかもしれない。しかし、実際に、人は田舎から都会へ流れる、下町はじり貧《ひん》で、新しく作り直さないかぎり人を呼び込むことができない。そういう現実がある。多くの人が、何を望んでいるのかということは、マスコミの宣伝とは逆方向である場合が多い。そもそも宣伝というのは、売れなくて困っているから、「今、これが売れています！」と呼び込むのである。宣伝は、現実ではなく願望なのだ。

自由を思い描こう

だから、孤独を受け入れたい人は、自分の好きなようにすれば良い。他人に迷惑をかけないこと、もし既に家族があるなら、できるかぎり家族の理解を得ること、くらいしか貴方を拘束するものはない、と考えて良い。親類縁者がどう思うかとか、生まれ育った村のみんなのことが気になるとか、余計なことを考えないこと。それはたぶん、貴方の思い込みでしかない。自分で自分を縛っていることにまず気づくべきだろう。

同時に、自由になるのは何故なのか、自分は自由になって何がしたいのか、をもっと考えてほしい。というよりも、そもそも、それがさきになければ自由にはなれない。自由というのは、自分が思い描いたものを目指すこと、自分の夢を実現することだからだ。もし、そういった目標がしっかりと決まっていれば、あとはなんの問題もない。たとえ、自由のために絆を切って、その結果、孤独になったとしても、それは必ず「楽しい孤独」「素敵な孤独」になるはずである。

具体的な手法を書こうと思ったが、多分に抽象的になった。それは、しかたがない。つまり、孤独などという抽象的な問題について書いているからだ。なにか創ってみろ、人がやらないことを考えろ、無駄なことに目を向けろ、そんなことをいろいろ綴《つづ》ってきた。しかし、一番大切なことは、自分がやりたいことをしろ、だろう。これでは、身《み》も蓋《ふた》もない手法になってしまう。なにしろ、それでは、孤独を怖れて仲間とともにありたいという人もそのままで良いし、そんなところから少し離れて自分を見つめてみたいという人にも、同じアドバイスが通じる。無責任な人生相談の回答はこんなものだろう。

ただ、自分がやりたいように、というのは、やりたいことをじっくりと考えるということである。だらだらとさぼっていたい、今日はやる気がないから寝ていたい、では、やりたいことにならない。それは、やりたいことがない状態であって、人間としては死の次に悪い状態、生きているうちでは最悪の状態である。たぶん、孤独を拒絶し、それを怖れてばかりいる人生だったから、そんな仮死状態になってしまったのだと思う。

まずは、自分一人になって、孤独とじっくりと向き合い、自分が何者かを考えよう。わからないなら、わからないでも良い。これからも問い続けることが大事だ。ここだけの話だが、僕自身、まだ自分が何者かわからない。もっともっと孤独になって、見つめ続け、求め続けたいと日々考えている。

あとがき

豊かさの中で

時代とともに社会は変化し、それに応じて人間も変わる。それは、人間の頭脳の仕組みが変わるのではなく、生まれたあとにインプットされるデータが違ったものになる、という意味だ。

僕は、よくこの頃の若者の傾向を書いている。ときにはそれがやや極論になることもあるだろう。なにしろ、極論をぶつけないと気づいてもらえないことが多いからだ。僕が書いているものは教科書ではないので、多少の誇張は、面白おかしくする演出であり、そういったものが許されるぎりぎりを狙っているつもりである。しかし、僕はいつも、今の若者を「こんなふうではいけない」とは思わない。つまり、否定することは基本的にしない。どちらかというとその逆で、今の若者は、僕たちやそのまえの世代よりも、トータルしたら良い状況に置かれ、良い状態になっている、良い具合に育っている、と感じている。

ただそれでも、そんな良くなった社会の中でも、少数の人は落ちこぼれる。そういう人たちをできるだけ救いたいし、また、なんとか上手く生きていても、なんとなく違和感や不安感を抱いている人たちに、「そんなに悪くはないよ」と言ってあげたいという気持ちが強い。

たしかに、今の若者は、小さいときから、かつてなかった豊かな社会で育っている。周囲から愛され、丁寧に扱われて大きくなった。これは、悪いことでは全然ない。「なにかが失われた」という物言いは多々あるけれど、「貧困」が失われれば豊かになる、というだけのことで、それは単なる「言葉の綾《あや》」にすぎないだろう。

丁寧に扱われているから、社会に出たとき、周囲の視線がどことなく「上から目線」に見える。でも、それは若いのだし、まだ偉くなっていないのだから、当然なのだ。上から目線というのは、子供の頃に、本来あるべき大人の目線を経験していないから感じるものだ。また、「空気を読めない」なんて言われるのは、子供の頃には周囲が貴方の機嫌を読んでくれるのが当たり前だったから、社会に出た途端に、その逆転を感じるだけのことである。正しくは、親は子供を上から目線で見るべきだし、子供は大人の空気を読むべき立場なのだ。そんなルールが失われているといえば失われている。しかし、大したことではない。社会に出てから取り返せば済むだけの小事だ。今は、昔よりも長く社会にいられる。ゆっくり生きれば良い。

みんながゆっくり大人になる

結局のところ、高齢化した現代社会では、相対的にみんなが実年齢よりも子供っぽくなっているのである。今の五十歳は、江戸時代の二十歳くらいの意識を持っているだろう。まだ親もぴんぴんしているし、そのまた親だって生きていたりする。今の二十歳くらいの若者は、江戸時代の十歳くらいの感覚だと思われる。江戸時代なら、その年齢で丁稚《でっち》奉公させられていただろう。

したがって、今はみんな「いい歳のくせに」という考え方をするようになった。これは事実上みんなで若返ったことになるから、悪いことではないだろう。

三十歳にもなって、ひとりぼっちで寂しいと感じるのも、まだ十二、三の子供だと思えば不思議ではない。可愛いものである。僕は今、五十六歳だが、最近ようやく自分は大人になったな、と思い始めている。

さて、昔よりも精神年齢が若いということは良いとして、問題は、そんな子供なのに、大量の情報が社会から貴方の頭に流れ込んでくる、という状況にある。もし、これを遮断できたら、昔よりも長くなった人生をのんびり過ごすことができるだろうけれど、しかし、情報を遮断して生きていくなんて、ものを食べないで生きていくことの次に難しいかもしれない。そこが、昔と今の大きな違いなのである。

人間が多すぎる

会わなければコミュニケーションが取れなかった時代は、自分が顔を合わせる人間だけが社会だった。名前を覚えないといけない人間の数なんて、百人もいなかったはずだ。しかし今では、会ったこともない人、もう死んでいる人、とにかく多数の人間を意識する必要がある。友達と呼べる人間の数は、絶対的に増えているはずだ。離ればなれになってもつき合いが続くし、同窓会だのフェイスブックだの、延々と他者と関わらなければならない。

体力も頭脳の能力も、昔と今の人間に大差ないわけで、これだけ大勢を相手にしなければならないのは、もの凄いストレスになるだろう。少なくとも、僕はそう感じる。友達も知合いも少ない方が楽だ、と思う。相手が多くなったら、それだけ一人当たりの時間や労力を削らなければならないから、どうしても「浅い」つき合いになり、関係も薄くなる。ごく当然の成り行きだろう。

ところが、「昔は良かった」「古い街には人情があった」と語られ、現代の「孤独指向」を牽制《けんせい》する勢力がある。年寄りは、どうしてもそれを言いたがる。僕も年寄りだけれど、こういうことは言わないように注意をしたい、と常々思う。

人間は、社会の中でしか生きられない。それはそのとおりだ。生きているだけで、社会に感謝をしなければならない。他者を尊重し、社会のためになることをしなければならない。これもそのとおり。当たり前である。この本でも、僕は「他人に迷惑をかけなければ自由だ」と何度か書いたが、精確に言い直すと、「生きているだけで、誰もが少なからず他人に迷惑をかけている。だからこそ、他者から受ける多少の迷惑を我慢し、自分がかけた迷惑分は、なんらかのお返しをする必要がある」となる。これも当然のことだろう。

良質な孤独

僕が、この本で書いた「孤独」というのは、社会を拒絶することではなく、また他者を無視することでもない。社会における最低限の関係は、そもそも拒絶できないものだ、という前提に立っている。だから、そういった社会への貢献、他者の尊重の上に、自分の思い描いた「自由」を築く必要がある。僕が書いてきた「良質な孤独」とは、社会との共生だといっても良い。

科学技術の発展が、この社会と共生できる孤独を可能にしたのである。昔は、そんなことはとうてい望めなかった。孤独を楽しむには、並大抵の苦労では不可能だった。逆に言えば、この情報過多の現代では、孤独指向の生き方をしないと、自分を保てない人が増えてくるだろう。みんなと一緒では面白くない。なにか自分だけの領域を持ちたい。なにもかも受け入れるばかりではお腹が一杯になってしまうのだ。そうなると、自分でその情報を遮断できる能力が要求される。これはつまり、孤独になれる能力のことである。

ポテンシャルとしては、孤独の方が高い。孤独から、協調への移行は簡単だ。周囲の人に合わせるだけである。孤独が嫌になったら、街へ出ていけば良い。ちょっと話を合わせて笑顔で対応していれば、すぐに仲間もできる。みんな基本的につながりたいと思っている人ばかりだから、必ず手を差し伸べてくれるだろう。

孤独の試行

しかし、そういった協調の中から、孤独への移行は困難を極める。一度できた絆は切りにくい。どうしたんだ、水臭いな、と言われるだろう。自分の中にも、どうしても不安が生じる。一人で大丈夫だろうか、もう仲間には戻れないのではないか、と。

今は、まったくその心配はない。自分からアプローチをすれば、必ず仲間にしてもらえる。基本的に社会は友好的になり、差別をしないし、親切になった。気持ち悪いくらい親切になった、と僕などは感じるくらいだ。

だから、一度、部分的でも良いから、孤独を感じてみるのは良いことだと思う。ちょっと無理だと思ったら戻れば良い。少なくとも、そういった予行練習をしておけば、いずれ訪れる避けられない孤独の耐性が育つだろう。

孤独だと優しくなれる

僕は、八年ほどまえに国家公務員を辞職し、またその三年後に作家業もほぼ引退した。今でも、作家の仕事は細々と続けているけれど、仕事は一日に一時間と決めている。仕事の関係の手紙を見たり、書類を書いたり、経理をしたり、という雑務も含めてだし、ゲラを読んだり、編集者とのメールのやり取りもすべて含めて、一日一時間だ。したがって、執筆をしている時間は、一年で百時間ほどになった。

仕事を減らしたおかげで、人に会わなくても良くなり、僕は孤独になれた。そして、まず感じたことは、今までのストレスの大きさだ。ストレスというのは、なくなるとよくわかる。それほど嫌々仕事をしていたわけでもないけれど、やはり責任があり、義理があり、断れるものも断れないし、人に任せるくらいなら自分がやろう、部下にやらせるよりも沢山を自分がやってみせよう、なんて意地もあったかもしれない。気づかないうちに、もの凄いストレスを抱えていたのである。それから解放されたことで、長年ずっとあった頭痛とか肩凝りも一切なくなった。風邪も引かなくなった（これは、感染しないからだろう）。体調はとても良い。

そして、こんなふうに静かな生活になって初めて、他者の気持ちもわかるようになった。腹が立っていたことも、しかたがないのだな、と思えるようになった。みんな、それぞれに考えて、自分のためにやっていることだ。人それぞれ価値観は違う、感じ方も違うし、その人の過去に引きずられ、なかなか合理的な修正は難しいものだ、とも理解できるようになった。

孤独になると、人間というのは優しくなれるものだな、と今は感じている。

こんなふうになれ、と若者に言うわけにはいかない。若者は、まず社会に出て、社会を知らなくてはならないだろう。いきなり孤独を目指しても、食べてはいけないし、風当たりも強い。そう、風当たりというのは、僕がいつも感じていたものだ。焦《あせ》ることはない、ゆっくりと素敵な孤独を目指して、自分の有利な方向へじわじわと進んでほしい。軽はずみに無理な行動に出ることは危険ともいえる（それも勝手だが）。

最後に……

とにかく、本文でも繰り返し書いたとおり、孤独を絶対駄目な状態だと思い込んでいるのは損というものである。それは大きな間違いだ。そんなに悪くない。むしろ、ありがたがっても良いくらい価値のあるものかもしれない、と思い直してほしい。それだけでも、幾らかの人は少し肩の荷が下りるのではないか、と期待している。そして、それ以外の人は、いつかそうなったときに、ちょっと思い出してもらうだけで良い。本当にその程度のものである。

まえがきにも述べたとおり、本書は、幻冬舎の志儀保博氏の提案に応えて、二〇一四年の三月下旬に執筆したものである。たぶん、自分から書こうとは思わなかっただろう。だいたい、僕の作品の九十五パーセントは、僕が書こうと思って書いたものではない。でも、そんな外的なきっかけであっても、書いている間は自分の頭で考えるわけだから、いつもなかなか面白い体験になる。特に、小説を書くよりは、本書のような内容の方が十倍も面白い。面倒だけれど、その分面白い、という意味だ。志儀氏への感謝をここに記したい。

それから、勝手に孤独だとかなんだとか、難しいことを書いておきながら、結局僕はいろいろな人のお世話になっている。不器用だし、体力はないし、生きていくことにあまり有能ではない。特に、ずっと僕の奥様を辞めないでくれている人に感謝をしている。僕が自分勝手な孤独を楽しめるのは、主として彼女の理解によるものである。

最後にもう一言つけ加えておきたいことがある。

友情も愛情も、相手に向かう気持ちのことであって、相手から恵みを期待するものではない。もし、自分が相手からなにかを受けたいと期待しているなら、それは本当の友情、真の愛情ではなく、単なる妄想である。したがって、友情や愛情に満ち足りた人生もまた、自分自身が孤独であることには変わりないはずだ。孤独を知っている者だけが、友情や愛情に満たされる、と言い換えても良いだろう。

著者略歴

森 博嗣《もりひろし》

一九五七年、愛知県生まれ。

小説家、工学博士。

国立N大学工学部建築学科で研究をする傍ら九六年に『すべてがFになる』で第一回メフィスト賞を受賞し、作家デビュー。以後、次々と作品を発表し、人気作家として不動の地位を築く。

新書判エッセィに『自分探しと楽しさについて』『小説家という職業』『創るセンス　工作の思考』『自由をつくる　自在に生きる』(以上、集英社新書)、『大学の話をしましょうか』『ミニチュア庭園鉄道』(以上、中公新書ラクレ)、『科学的とはどういう意味か』(幻冬舎新書)等がある。

幻冬舎新書 366

孤独の価値

二〇一四年十一月三十日 第一刷発行
二〇一五年 九 月 十 日 第六刷発行

著者 森 博嗣

発行人 見城 徹
編集人 志儀保博
発行所 株式会社 幻冬舎
〒一五一-〇〇五一 東京都渋谷区千駄ヶ谷四-九-七
電話 〇三-五四一一-六二一一(編集)
〇三-五四一一-六二二二(営業)
振替 〇〇一二〇-八-七六七六四三
ブックデザイン 鈴木成一デザイン室
印刷・製本所 中央精版印刷株式会社

Printed in Japan ISBN978-4-344-98367-0 C0295
も-7-2
幻冬舎ホームページアドレス http://www.gentosha.co.jp/
*この本に関するご意見・ご感想をメールでお寄せいただく場合は、comment@gentosha.co.jp まで。